EDITORIAL LA MASCARA

A mis padres, Pablo y Amelia.

... y a Laura.

Pza. Juan Pablo II 5-B
46015 Valencia - España

Autora del prólogo: Julia Otero
Autor del texto: Pablo Motos
Diseño y maquetación: Editorial La Máscara
Filmación: Gráficas Papallona, S.C.V.
Impresión y encuadernación: Sorell Impresores S.A.

ISBN: 84-7974-375-1
Depósito Legal: V-1686-1999

La sonrisa del mirón

Pablo Motos

EDITORIAL LA MASCARA

ÍNDICE

PRESENTACIÓN

Conocí a Pablo Motos algún día de la primavera de 1993. De aquellas tardes de relevos (él acababa su programa para Valencia cuando yo empezaba el mío) fue testigo una botella de brandy tan ordinaria como eficaz, que mi compañero dejaba generosamente sobre la mesa del estudio.

Allí descubrí el carajillo de sobremesa y a un tipo simpático con pinta de haber sido el niño más gamberro del barrio. Tres años más tarde empezó a colaborar en «La radio de Julia», tímidamente en cuanto a la cantidad porque en el contenido Pablo no conoce el significado de tal palabra. Poco después se incorporó al día a día del espacio que dirijo, hasta convertirse en lo que hoy representa para los oyentes: un signo de identidad de nuestra radio.

Decía Alejandro Dumas que no llegaba a comprender por qué, siendo los niños tan inteligentes, los adultos eran tan tontos. Pues bien, nuestro hombre se ha librado de tal metamorfosis al conservar intacta una mirada de niño, o sea inteligente, con la que observa la misma realidad que los demás aunque al resto nos pase a menudo inadvertida. Ese talento no sería suficiente si Motos no manejara las claves de la comunicación. Si en su faceta de mirón incansable llega al virtuosismo, en la traslación de imágenes a las palabras consigue a menudo acercarse a la genialidad. Su lenguaje es transversal, recorre todas las clases sociales, todos los arquetipos y de todos ellos toma prestado su propio uso del idioma. Sociología de salón, así bauticé un día a sus certeros diagnósticos.

Cuando escribo esto ignoro aún que tal resisten sus análisis el paso al papel. Probablemente el lector tendrá la misma impresión que el oyente: le sorprenderá su extraordinaria sencillez. En ese caso, recuerden la historia del que llevaba su coche a arreglar y asistía atónito a la habilidad del mecánico que simplemente se limitó a soplar sobre un cable. Al presentarle la factura, el cliente irritado le recordó que aquello lo podía hacer cualquiera. «Sí, pero usted no lo sabía», zanjó el mecánico.

Si alguien se deja engañar y cree que lo de este chico es fácil de imitar, prueben a emularlo. Inmediatamente le admirarán.

Julia Otero

INTRODUCCIÓN

Nací como persona el 31 de agosto de 1965, una equivocación. Digo esto porque en realidad tendría que haber sido un pollo, ya que en mi infancia soñaba constantemente que estaba dentro de un huevo y no paraba de dar sacudidas violentas de un lado a otro para intentar salir. A los tres años, muy a mi pesar, me di cuenta de que mi madre no era una gallina porque las gallinas no llevan cardado y mi madre sí, es más, aseguraría que mi madre lleva dos... Aquel dato me hizo pensar si no sería yo un pollo adoptado, uno de esos de colores que van dejando por las casas para que los niños se diviertan bañándolos en una gaveta. Un buen día, cansado de dudar, me armé de valor y se lo pregunté a mi padre: «Papá, ¿yo qué soy?». Mi padre me contestó: «Gilipollas, hijo mío, tú lo que eres es un gilipollas».Y ya me quedé más tranquilo. Todo transcurría con normalidad hasta que un día, cuando me encontraba jugando sobre un montón de arena, me pregunté:

«¿Por qué a los gatos no les crece el pelo? ¿Por qué las modelos no andan como las personas? ¿Por qué la pilila se encoge como una tortuga aterrorizada al salir del agua? ¿Por qué hay gente que duerme con antifaz, como los salvajes de la lucha libre? ¿Por qué los hombres mayores no tienen culo? ¿Dónde están todos esos culos desaparecidos? ¿Por qué cuando salimos de la bañera hacemos un circulito en el espejo y asomamos por ahí la cara? ¿Para comprobar que seguimos siendo nosotros?¿Por qué los mortuorios los cierran con llave? ¿Qué se piensan, que se van a escapar los muertos?

¡SIGA USTED LEYENDO QUE PARA ESO HA COMPRADO EL LIBRO!

¿Por qué las luces de la cocina tardan tanto en encenderse? ¿Por qué cortamos la tortilla en pedacitos cuadrados y no triangulares o redondos? ¿Por qué la gente es seria? Odio la seriedad, las personas serias terminan siendo acomplejadas y agresivas. ¿Por qué las madres, si las dejasen, lo llenarían todo de pañitos? Por qué todas las botellas de agua mineral las analiza el Doctor Oliver Rodés? (Vayan a mirarlo inmediatamente.) ¿Por qué todo el mundo se cree que va al mejor masajista? ¿Por qué a veces en la peluquería la gente se queda esperando como un cocodrilo a que llamen al de al lado para quitarle la revista? ¿Por qué los años te ablandan por fuera y te endurecen por dentro como una merluza a medio descongelar?

¿Por qué las personas no podemos llevar bocina por la calle como los coches (¡Moc, moc, deja pasaaaarr!) ¿Por qué cuando no sabemos que decir lo único que se nos ocurre es frotarnos las manos? ¿Por qué esconden los servicios en los centros comerciales? ¿Por qué nos salen espinillas? Tal vez es un recurso de nuestro cuerpo al que no le sacamos partido, pero hay pocas cosas que te hagan sentir tan bien como rastrear cada poro de tu piel a ver si hay sorpresa. Creo que deberían vender espinillas artificiales, para que pudieses colocártelas en cualquier parte del cuerpo y hacerlas estallar sin que se te quedase después ninguna marca.

AHORA VIENE LO MEJOR

¿Por qué los tíos que anuncian refrescos por la tele están tan contentos? ¿Por qué cuando suena el teléfono decimos desde el pasillo: «¡¡Voy!!», si no te oyen. ¿Por qué cuando eres niño finges cojeras que no tienes para que los demás se fijen en ti? ¿Por qué siempre que te cortas las uñas de los pies te queda alguna esquina sin retocar? ¿Por qué todos los cocos de los postres helados son del mismo tamaño? ¿Por qué los tíos cuando llevamos pantalón corto no podemos evitar tocarnos la pilila? ¿Por qué no se venden mis cuadros hechos con ajoaceite? ¿Por qué la gente se empeña en decir que los cangrejos andan hacia atrás cuando todo el mundo sabe que no es verdad? ¿Por qué la ropa interior de los tíos se utiliza como trapo para limpiar el polvo y la de ellas desaparece misteriosamente? ¿Por qué cerramos la puerta del baño cuando estamos solos en casa? ¡No nos va a ver nadie! (Pruebe a no cerrar y verá como no lo resiste.) ¿Por qué no se puede estornudar con los ojos abiertos? ¿Por qué del mismo modo que en los trenes hay espacios para fumadores y no fumadores no separan también a los dormilones de los no dormilones? ¿Por qué los Oscar de Hollywood no tienen genitales? ¿Por qué la gente paga en los parkings? Es como ir con una prostituta. ¿Para que vas a pagar si esforzándote un poco lo puedes conseguir gratis... Y, ¿por qué dedico mi vida a hacer preguntas sin aportar ninguna solucion? Creo que me voy a hacer artista.

Un día nos tocó una guitarra en una tómbola. Dos horas más tarde ya sabía tocar el bonito tema «Quinto, levanta». Tarareen conmigo:

¡Glin glin glinglinglin glinglinglinglinglinglin glinglin glin!
¡Quin-to, le-van-ta, ti-ra de la man-ta! ¡Quin-to, le-

¡Glinglin glinglinglinglinglin glinglinglinglinglinglin!
van-ta, ti-ra del cal-zón, que vie-ne el sar-gen-to

¡Glinglinglinglinglin!
con el-cin-tu-rón

Al escuchar aquello, mi padre me llevó inmediatamente ante la presencia de Jesús el peluquero, que había tocado en múltiples tablaos flamencos, incluso con el prestigioso Manolo Escobar. Aquello giró mi vida como una llave, muy pronto me convertí en «El niño Pablito y su Guitarra». Con tan solo nueve años conseguí un puesto destacado dentro de un grupo llamado «La Peña del Bueno Humor», que se dedicaba a ir por las plazas de toros de los pueblos en las fiestas. Mientras ellos toreaban disfrazados de bandoleros una vaquilla de enormes cuernos, a mí me ponían en medio de la plaza con una silla y un sombrero cordobés a interpretar mis mejores piezas. Tocaba Tarantos, Bulerías, Soleares, Rumbas, Fandangos de Huelva y hasta aprendí a tocar «La noche del Hawaiano» con la guitarra detrás de la espalda.

Y así fui creciendo en medio de la música hasta convertirme en disc-jockey y tener un programa en Radio Requena. Me gustó tanto que me quedé a vivir en la emisora. Además de musicales hacía de vendedor comercial, de técnico, de presentador, de limpiadora y hasta fui su director durante un par de años. Allí cambió mi concepto de la vida. La radio se convirtió en un acelerador mental que me permitía convertir lo cotidiano en especial, las músicas en sintonías y mis pequeñas desgracias en anécdotas. No sé exactamente en qué momento, pero sé que fue en la radio, aprendí la importancia del humor. El humor es humildad, distanciarse de uno mismo, no tomarse tan en serio lo que uno piensa. El humor es lo único que nos hace sentir mejor cuando las cosas no tienen solución. El humor nos libra de la pedantería, de la monotonía, de la vanidad, del fanatismo, de la estupidez y de la mediocridad. El humor es una actitud ante la vida que lo cambia todo. Tal vez no seamos felices, pero no cabe duda de que podemos estar más alegres.

¡QUE BONITO!

Después me ficharon en Radio Nacional (Utiel) donde empecé a hacer mis primeros monólogos, fundamentalmente porque no tenía medios ni presupuesto para conseguir entrevistas interesantes. La directora estaba encantada y los oyentes decían que mis reflexiones daban ganas de vivir. (Cojonudo, yo aplicaba mi filosofía de la vida a través del humor y el absurdo y ellos se emocionaban.) Así que me convertí en un radio-predicador con tanto éxito en la zona, que estuve a punto de comprarme una túnica.

De repente a todo el mundo le dio por decirme que tenía que «dar el salto», por la mañana, por la noche, por teléfono... No había persona que se me acercase que no me dijera: «Pablo, tienes que dar el salto». Tanto insistieron que me apunté a un gimnasio y llegué a saltar uno noventa al estilo tijereta, y no contento con esto me fui a dar saltos por Valencia hasta que conseguí un trabajo en Onda Cero.

Me ofrecieron hacer «Protagonistas de Valencia», la versión local del programa de Luis del Olmo, y me lo tomé tan en serio que en la emisora todo el mundo me conocía como «el de la manta», porque me quedaba a dormir la mayoría de las noches en un sofá que había en la sala de espera, para así tener tiempo suficiente para preparar los programas en profundidad. Adelgacé tanto que no solo perdí peso, también perdí altura. No sé cómo lo hice -tal vez tenía un centímetro de grasa en los pies-, el caso es que dejé de medir 1,70, y jamás lo he recuperado.

COSAS QUE PASAN...

Con el tiempo he conseguido hacer un programa del que me siento orgulloso gracias a un montón de gente con talento: Luis Andrés, Pepe Royo, Fernando Domingo, José Luis Martínez, Ramón Palomar, Miguel Angel Pastor, Jerónimo Boloix, Juan Pérez, Cristóbal Fernández, Jorge Vázquez, Alicia Arufe, Toni López, Rosa Enguídanos, Nicolás Ramos, Arturo San Román, Alo Montesinos, Luis Sánchez Polack, Paco Arévalo, Don Pío, Arturo González Campos, Laura y Cristina Correa, Carlos Urrutia, Juana Lara, Paco López Diago, Maria José García, Eduardo Ureña, Guillermo Suay, Inmaculada Royo, Mayte Marco, Mª Paz Fernández, Nacho Reig, Martín Quirós, Gloria Marcos, Begoña Gómez Marco, Hector Villalva, Carmen Soto, Cristina Soler, Manolo Marquez, Arancha Llácer, Pepe Charcos, Salva Peiro, Rafael Villarejo, Amparo Valero, Feliciano Albadalejo, Rafael Rubio, Marta Torrado, Társilo Piles, Arturo Jiménez Madrid, José María Tomás Tío, Miguel Angel García, Mª Ángeles Marqueño, Carles Castillo, Carles Montoliu, Santiago Sanchez, Javier y Manuel Núñez, Alvaro Pascual Leone,Victor Culebras, Luis Climent, Fernando Romero, Quique Morales, Toni Cutanda, José Maño, Gema Garcia, Javier Poveda, Elena Pérez, Sandra Melchor, Pilar Luna, César Martí, Alberto Abenza, Emilio Polo, Toni Losas, Mª José Colom, José Carbonell, Amparo Paterna, El Maestro Fauli, Paco Catalán, Bernardo Guzmán, Juan Miguel Castañeda, Manolo Gómez Albo, Javier Ormaechea, Manolo «Andorro», Vicente Belloch, Gabriel Pareja, Perfecto Caballero (Matallín), Pino Hernanez, Javier Vidal, Pichi Ferris, Rafa Ruíz, Ramiro Segrelles, Vicente Monfort, Vincent «El Negro»... A todos ellos les agradezco su ayuda, su trabajo y su amistad, sin la que nunca habría llegado a ser líder de audiencia.

Con los buenos datos llegaron las ofertas y mis primeros programas Nacionales, «Mareando La Perdiz» y «Hacia el Dos Mil». También hice, con mi buen amigo y admirado Ramón Palomar, mi primer programa de televisión en Canal Nou, «Megacine», y hasta compuse con Fernando Romero una canción y ganamos el Festival de Benidorm.

¡POR FIN ALGO DE DINERO!

Estos dos últimos años han sido para mí los más importantes. Cuando me enteré de que Julia Otero ampliaba su programa una hora y estaba preparando nuevas secciones, la llamé y le ofrecí un lugar desde el que espiar lo cotidiano con ironía. Tuvimos una entrevista personal y un programa piloto en el que me puse tan nervioso que cuando terminé me fui corriendo a la calle y como no sabía que hacer me metí en un Salón Recreativo y me gasté quince mil pesetas en una maquina de marcianitos.

¡BENDITO DÍA!

Pasé a formar parte del equipo de redactores de la Radio de Julia, que es, como el patio de mi casa, particular. En Madrid, mi buen amigo Rafa Martínez Simancas tiene la costumbre de poner con independencia de que sea invierno o verano el aire acondicionado tan fuerte que a Roberto Ortiz se le ha quedado el flequillo como si fuera la estatua de la Libertad. En Barcelona se comenta que a Albert Sabadell le vieron una vez a las cuatro de la madrugada bailando una canción de Los Pecos abrazado a la enciclopedia Larousse (eso es amor a la cultura y lo demás tonterías). José Oleza ha tenido una oferta de la Disney para grabar su conocida risa hacia atrás en una nueva versión de 101 Dálmatas y otra de Santiago Grisolía para hacer clónicos de su body. (No sé con cual de las dos se quedará). Lourdes Lancho ha entrado a formar parte del libro Guiness de los récords después de demostrar ante notario que se sabe cualquier canción que se haya cantado en el planeta Tierra desde los visigodos. Y Juan Quintanilla es encantador, pero tiene un vicio que no puede controlar, y es que es un exhibicionista de espalda... A la mínima ocasión, Juan se sube la camiseta y te la enseña. Mari Carmen Juan es tan organizada que en la cocina de su casa los fideos están en la letra F y hasta dicen que le ha puesto brazos a una Venus de Milo que tiene en la entrada. En cuanto a Mabel Alberola, si sigue con esa obsesión de fumar cada vez cigarrillos más light, terminará un día comprándose un paquete de barquillos crujientes, encantada de la poca nicotina que tienen. Jordi Nieto se tiró tres meses grabando todas las veces que alguno de nosotros decíamos «Por cierto». Desde entonces lo estamos medicando sin que él lo note. A Eugenia Curto le hemos pegado con Loctite un par de teléfonos en las coletas, para optimizar al máximo su amabilidad con la audiencia. El Vate se quedó un día tan quieto en un museo de cera que lo confundieron con una figura. Y Julia es tan democrática que antes de cambiarse el peinado hace una auditoría. Esto es un equipo de profesionales y no lo que tiene la competencia.

Con ellos comparto felizmente «La hora Tremolina», que ha resultado ser el programa más innovador de la radio en los últimos tiempos.

¡GRACIAS A TODOS!

En este libro encontrará mis pájaras diarias y también se verá retratado a sí mismo en más de una ocasión. Porque usted y yo somos cómicos cada día, sólo tenemos que darnos cuenta de que, cuando algo nos sale mal, dejamos en ese instante de ser personas para convertirnos en una viñeta de tebeo. Disfrútenlo. Espero que saque a relucir su lado feliz.

Pablo Motos

¿QUÉ COSAS HACEMOS SENTADOS?

Este próximo fin de semana se celebra Funermostra, la Feria Internacional de Funerarias. Ya anticipamos que se exhibirá un sofá ataúd, pero hay más novedades. Así, por ejemplo, un ingenioso escultor presentará una serie de féretros con los escudos de los clubes de fútbol y unas urnas con los anagramas de los distintos partidos políticos. Pero lo que más me ha sorprendido es un ataúd que permite sentarse al difunto. Está formado por dos cubos, uno encima de otro, y en su interior hay una silla especial. Varias empresas ya se han interesado por él.

Y es lógico. Si nos pasamos la mayor parte de la vida sentados por qué no vamos a presidir nuestro funeral también sentados. Los más avispados ya se habrán dado cuenta de que hoy voy a reflexionar sobre ***¿Qué cosas hacemos sentados?***

Pues casi todo: jugar a las cartas, conducir, sacarnos los dientes, montar a caballo. La pregunta sería más bien: «¿Qué cosas no hacemos sentados?», porque hay gente que por no levantarse de la silla se mueve arrastrándola con el culo. Suena el teléfono y acuden a golpes de silla, aunque la silla no lleve ruedas.

La gente se mata por una silla, por un sitio donde descargar el cuerpo. En realidad la gente anda porque no tiene más remedio. Imagino que llegará un tiempo en que las calles tendrán una cinta transportadora con silla incorporada. Podría llamarse el carril silla.

Estar sentado es, como decía, la condición natural del hombre. Lo antinatural es estar de pie. Cuando nos castigaban de pequeños nos ponían firmes ante la mirada de toda la clase, para avergonzarnos, o cuando nos preguntaban. Y cuando el jefe te quiere poner nervioso te llama al despacho y no te dice que te sientes. Él está repantingado y tú delante, de plantón. La silla nos da seguridad, y si es sillón lo que nos da es respeto.

Pero a veces sentarte no mola... Si tu mujer te dice: «Siéntate, que tenemos que hablar», malo. Y si te sientan en el banquillo de los acusados no te digo, Rodrigo.

La silla la llevamos clavada muy dentro del alma. De pequeños tenemos nuestra sillita y la llevamos a todas partes, y de mayores nos aferramos al sillón. Los políticos y los jefes no invierten la mayor parte de su tiempo y de sus energías en grandes empresas y proyectos, sino en que nadie les mueva el sillón.

La silla es imprescindible en nuestra vida. En algunos sitios aplican la pena de muerte sentados, lo que no deja de ser un detalle. Ahí tenéis la silla eléctrica. Es muy incómoda y da calambre, pero hay que ver lo que farda... Ahora que no sé yo si las de diseño no son más incómodas. También acaban dándote calambres en las piernas si estás mucho rato sentado en ellas, que no hay quien las entienda...

También, para los que se pasan todo el día ante el ordenador, está la silla ergonómica. Se acopla a la rabadilla, y en vez de apoyarte en la espalda te apoyas en las rodillas, como si estuvieras haciendo penitencia... ¿Cómo puede ser que soportemos cosas así sin denunciarlas? Si parece que va a venir por detrás un verdugo y te va a golpear por detrás con un hacha... Esto no puede ser bueno.

Luego están las sillas del comedor de casa de mamá: muy lucidoras, pero también incómodas. Son demasiado tiesas.

La gente que practica el yoga, que sabe hacer la posición de loto, se acopla en cualquier rinconcito del suelo. Pero los que no sabemos, cuando estamos cansados y no hay una silla a la vista nos quedamos acuclillados, y acabamos con un dolor de corvas... Cosas así pasan cuando sales de copas y acabas sentándote en el capó de un coche, porque ahora no hay sillas en los pafetos.

El mejor asiento del mundo es el sillón de masajes. Le das a un botón y empiezan a moverse unos rodillos por la espalda, que no te levantarías nunca... Cuando voy a los grandes almacenes, tienen que sacarme con fórceps del sillón. Ya me conocen los dependientes, y si tengo que quedar con alguien quedo ahí. No me importa que tarden...

Pero para silla cómoda el water de uno. Qué bien se está y cómo se ajusta a nuestras medidas. Aunque se podría mejorar. La parte donde depositamos las nalgas debería ser mullida, pero impermeable. Y es que algunos hombres no aciertan nunca.

Tengo que decir que los asientos de los cines de ahora me parecen un atraso. Son demasiado estrechos. Cuando abres las piernas se te salen por los lados... Y la Coca-Cola grande no cabe en ese agujero que le ponen... Por cierto, me parece absurdo que con tanto estéreo y tanto Dolby, no pongan doble cantidad de reposabrazos. ¿Por qué no hay un reposabrazos en cada sillón, y tienes que pasarte media película peleándote a codazos con el tipo de al lado, hasta quedarte con tu sitio ?

Cada día hacemos más cosas estando sentados, hasta las protestas. Ahora, para protestar, la gente hace una sentada... Es tan importante estar sentado que no se es persona hasta que no sientas la cabeza... Y esto es todo. Espero que os haya ***sentado*** bien.

¿QUÉ SOMOS INCAPACES DE HACER EN LÍNEA RECTA?

Un profesor de matemáticas -ya se sabe cómo son los profesores de matemáticas-, decidió un día poner en práctica el principio de que la distancia más corta entre dos puntos es la línea recta. Tomó un mapa y trazó una línea desde su pueblo, Ayora, en el interior de Valencia, a Santiago de Compostela, y se inventó OTRO CAMINO DE SANTIAGO.

Y a salto de mata, siempre en línea recta, de pueblo en pueblo, Constantino Ávila se hizo casi mil kilómetros utilizando como guía los mapas del ejército.

Dice Constantino que Castilla en línea recta fue muy fácil, claro, tan llana ella... Pero se las vio canutas al llegar a Zamora y a Galicia con tanta peña y tanta vaca. «Aparta, vaca», les decía. Pero él, erre que erre, con su hijo Daniel y yendo siempre en línea recta, en 30 días se plantaron en Compostela.

Tengo que decir que la línea recta desde Ayora a Santiago pasa por Madrid, justo por el aeropuerto de Barajas... Esto no fue un obstáculo para Constantino, que no en vano es profesor de matemáticas y sabe resolver problemas tan peliagudos como: «Si un avión sale de Massachusetts a las tres y cuarto a 1200 km/h, y otro sale de Berlín con una hora de retraso, ¿cuándo estará la pista desocupada?

Si Constantino ha podido, ¿por qué los demás no podemos hacer las cosas en línea recta?

Ésa es mi reflexión:***¿Qué cosas somos incapaces de hacer en línea recta ?***

Por muchos años que tengas, lo que es imposible es nadar en línea recta. Y eso que tú te tiras de cabeza y estiras los brazos bien rectos. Izquierda, derecha, izquierda, derecha, bordillo, cabeza, boca, beibi, güan, chu, tri, ¡brecha!, cabeza, boca, cabeza, boca, brecha... Puntos, estrellitas, beibi, güan, chu, tri...

Mear en línea recta es imposible. Sobre todo para vosotras. Igual que los hombres cargamos a la izquierda o a la derecha, las mujeres os dividís entre las que os meáis en el zapato izquierdo o en el derecho cuando os veis obligadas a mear en el campo... Y no digo nada si hay presión, porque entonces podéis mojaros el zapato y la pierna.

Por nuestra parte, los hombres somos incapaces de mantener la línea recta en nuestro estómago. El vientre plano de hace años se nos va quedando con forma de arco. Sin embargo, por detrás sí que llegamos a pillar la recta. Al tiempo que nos crece la curva por delante, se nos aplasta el culo por la retaguardia... Por eso muchos hombres se ponen el paquete de tabaco en el bolsillo trasero, para disimular...

¿Qué cosas somos incapaces de hacer en línea recta? Ir en bicicleta sin manos, por ejemplo. «Mira, mamá, sin manos... Mira, mamá, sin dientes...»

Colgar un cuadro. Yo creo que la gente debería coger la Black & Decker y hacer los agujeros con los ojos cerrados, porque de nada sirve tomar medidas, hacer marcas, coger la regla, decirle a tu pareja que te ayude: «Pon el dedo aquí y no te muevas», señalar los puntos con el lápiz... Cuando vas a meter el berbiquí ya te das cuenta de que va a quedar torcido... Será defecto de los marcos, que los cuadros nunca quedan rectos...

Luego lo apañas como puedes y enderezas todos los cuadros de la casa, pero cuando viene la limpiadora les da cuatro sacudidas y vuelven todos a su ser... torcido.

El ser humano está incapacitado para la línea recta. ¿Quién es capaz de pegar las etiquetas de las cintas de cassette y que le queden rectas?

Coges tu adhesivo y escribes: «Grandes éxitos de Tina Turner» con todo primor... Y vas y lo pegas de tal modo que coincide con el agujero por donde pasa la cinta...

Lo mismo sucedía con los libros de clase. Los forrabas con todo amor y luego el rótulo te quedaba torcido ¿Os acordáis de la rabia que daba?

¿Cuándo estamos incapacitados para la línea recta?

Cuando bajamos de la noria... Es que no le aciertas ni al algodón de azúcar. Tiras a dar un bocado y muerdes el cardado de una señora... «Pues otros años estaba más dulce el algodón...»

¿Y la raya del ojo, el *eye liner*, que algunas se dejan aquello de tal modo que parece un frenazo de la M-30?

Aunque algunas tienen un arte que ni Belloch haciéndose la raya en medio. Dicho sea de paso, corre el rumor de que la raya de Belloch es tatuada.

La naturaleza niega la línea recta. ¿Alguien ha visto una oveja recta? ¿Y un ñu?... ¿Por qué ese empeño entonces de desafiar la naturaleza? ¿Por qué esa insistencia en que sean rectos los bajos del pantalón ? ¿A qué viene esa obsesión con la raya de los pantalones ? En nuestra obsesión por la raya, cuando los planchamos en vez de una les hacemos tres o cuatro.

El hombre ni siquiera puede pegar un sello recto... Están las cartas que dan vergüenza...

¿Por qué se llama recto al recto si lo que fabrica son ensaimadas ?

¿QUÉ PASARÍA SI NOS TRASPLANTASEN MÁS ÓRGANOS DE ANIMALES?

El padre de la oveja Dolly, Ian Wil Mut, está en Valencia participando en un congreso sobre el Genoma Humano.

Dolly tiene ya dos añitos y su papi dice que todavía no se sabe si se podrá clonar a un humano entero... Lo que ya tiene claro es que en cinco años se podrán trasplantar a humanos corazones y riñones de cerdos modificados con genes humanos para evitar los rechazos.

¿Qué pasará ? Pues que evidentemente los cerdos se humanizarán y llegará un día en que, cuando vayan a cortarle una pata a un cerdo para ponérsela a un señor, el cerdo nos dirá : «¿Está usted seguro, caballero? Por si no lo sabe, soy un padre de familia... numerosa».

Por otro lado, los humanos seremos cada vez más cerdos, y puede ocurrir que en los días de lluvia nos sorprendamos viendo a unos señores con chaqueta revolcándose en un charco.

Está claro que esto no ha hecho más que empezar. Después del cerdo vendrá la oveja y quién sabe si el suricata...

Por eso hoy me atrevo a preguntar: ***¿Qué pasaría si nos trasplantasen más piezas de animales?***

Recordemos que la ciencia está investigando los trasplantes del cerdo manipulados con genes humanos para que no haya rechazo...

Se me ocurren las siguientes dudas: ¿Veremos a los cerdos haciéndose piercings?

De ser así, la anilla se aprovechará después para colgar el salchichón.

¿Acabarán las patas de jamón en un pie en vez de en pezuña?

¿Comeremos jamón cinco dedos en vez de jamón cinco jotas?

¿Oleremos a jabugo en vez de a Chanel?

Arzallus exigiría conocer el RH del cerdo antes del trasplante: «Ese cerdo no es vasco», diría.

Nos congratula pensar que dentro de cinco años los trasplantes de cerdos manipulados a personas salvarán muchas vidas, pero el ser humano no sabe parar. Empieza con el cerdo y termina con las libélulas, ahí está Karmele Merchante...

¿Qué pasará si se trasplantan más piezas de animales?

¿Para qué tanta agenda de Loewe y rabos de pasas, si pudiéndonos trasplantar el cerebro de un elefante tendríamos una memoria tremenda y nos pondríamos morados en concursos del tipo «El tiempo es oro»? Lo que pasa es que no nos cabría en la cabeza. Bueno, a

Almodóvar sí... Y, si no nos cabe entero, tampoco vamos a ser tan delicados, nos dejamos un trozo fuera y nos ponemos una gorra.

¡Adiós a la celulitis, bienvenidas las piernas de jirafa y a las pasarelas a lucirlas!

La duquesa de Alba se haría un trasplante de melena de león para lucir bien la peineta en la boda de su hija: «¡Ay, dejadme en paz, no me hagáis tantas fotos...!»

Claro que habría animales marginados a los que nadie querría para un trasplante, como las pulgas... Diríamos: «Ahí va esa pulga, que no la quiere nadie... ¡Vete!»

Como hay gente para todo, algunos se cambiarían las orejas por mejillones, para tenerlas más pequeñas, y se las lavarían con limón...

Lolita se trasplantaría las púas del puercoespín, para sacarlas cuando se le acercasen los periodistas y pegar un bufido...

A muchos empresarios les encantaría tener empleados hormigas, y las mujeres se morirían por tener una cintura de avispa.

Mónica Lewinski se trasplantaría la boca del oso hormiguero, y la lengua que se mete en las madrigueras y escarba...

Habría operaciones secretas que no pagaría la seguridad social, como la de trasplantarse el aparato reproductor de los caballos. Los recién operados llegarían a casa y dirían: «¡Cariño, iiiiiih, soy Imperioso, iiiiih, vamos a la cama, patapám, patapám!»

La pezuña del cerdo sería muy cómoda para los directores de orquesta. Como la tienen partida, cogerían mejor la batuta.

Viendo a Anasagasti se me ocurre que ciertos trasplantes animales podrían revolucionar la moda. En vez de pelo algunos podrían llevar un pulpo en la cabeza, que además les daría un masaje capilar con los tentáculos.

Llevaríamos antenas en la cabeza, como las hormigas, y no haría falta el móvil.

Me pregunto qué se trasplantará nuestro gran amigo Kitín Muñoz. ¿Las patas de la lagartija del National Geographic que corre sobre el agua, para cuando se le hunda la totora ?

Por cierto que a Pinochet le podrían trasplantar el cerdo entero sin manipulación genética. Seguro que no habría rechazo. Bueno, a lo mejor el cerdo sí que lo rechazaba a él.

¿QUÉ COSAS PASAN CON LAS MASCOTAS?

Una mujer de la calle Pepita de Valencia sufrió ayer una crisis nerviosa, tras caerle una iguana en el tendedero. Ella estaba tan tranquila en su casa y oyó un fuerte ruido en la terraza. Salió a ver qué era, pensando que se le habría caído una toalla a la vecina, y sobre las cuerdas del tendedero se encontró a un enorme bicho, de más de un metro, mirándole fijamente. La mujer se marchó de casa y se fue a un bar a tomarse una tila. Llamó a la policía local, y cuando los agentes vieron el tamaño del bicho se dijeron: «¿Ha llegado aquí de un salto? Pues entonces es una iguana ninja. Esto no es competencia de la policía», y avisaron al servicio de zoonosis del ayuntamiento.

Podría haber sido peor. Si le cae un pony, habría tenido que cambiar el tendedero... Y es que la gente mete todo tipo de animales en casa y pasa lo que pasa. Por eso me pregunto: ***¿Qué cosas pasan con las mascotas?***

Empecemos con la iguana. ¿Qué manía le ha dado a la gente por tener una iguana en casa? ¿Qué tipo de comunicación hay ? La misma que con un surtidor de gasolina, porque las iguanas sólo tienen dos neuronas: comer y cagar. Cuando llegas a casa de trabajar ni te reconocen. No menean la cola cuando te ven, ni cantan. Sólo se escapan y dan sustos a los vecinos.

Todos hemos tenido mascotas. Primero fueron los gusanos de seda. Los guardábamos en una caja de zapatos que echaba una peste horrible, y lo pasábamos muy mal cuando nuestra madre los tiraba a la basura... Un día abríamos la caja de zapatos, nos la encontrábamos llena de capullos y decíamos: «Mira, el Congreso...» Si te aguantabas y no los abrías con unas tijeras los veías convertidos en unas mariposas que ponían huevecillos... Pero la historia solía terminar antes, porque tu madre te tiraba la caja y tú no encontrabas consuelo...

Hasta que un día escuchabas por la calle a un señor con un motocarro que iba diciendo «Pollos de colores, pollos de colores...»

Te ponías plomo hasta que tu madre te compraba un pollo violeta y le ponías tu nombre, Pablito...

Aquello olía en el balcón que ni te cuento... A los dos días se le había ido el color, pero como uno ya lo quería y el roce aumentaba el cariño... Cada vez que volvías del cole ibas a verlo, y un día preguntabas: «¿Y Pablito?». Y tu madre, tu dulce madre, te decía: «Se ha escapado...»

Ese día para comer había pollo al ajillo...

No pasaba nada, claro, porque enseguida te compraban una tortuga de agua, con una palmerita para que se sintiera como en Hawai... ¡El pollo olía a Chanel al lado de la tortuga! Y un día te tenían que llevar a urgencias porque te la habías metido en la boca... El animalito, claro está, ya no volvía a casa...

Y te ponías a llorar desconsoladamente hasta que tu madre llegaba con un par de hámsters... De nombre les ponías Mili Vanili... Les comprabas una jaula con una ruedecilla para que hiciesen ejercicio, pero los hámsters se ponían como un tocino de comer y no cabían... Y si se metía uno había que sacarlo con la mano. Lo bueno de los hámsters es que con ellos aprendías el secreto de la vida.

Se reproducían como los gremlins, es decir que tocaban el agua y salían cuatro. Al final juntabas diez jaulas de hámsters, una para los machos, otra para las hembras, una tercera para las hembras preñadas. No dabas abasto.

Os parecerá increíble, pero un buen día en vez de los hámsters había un periquito.

Con los periquitos hay que tener mucho cuidado porque hipnotizan a las madres. La mía estuvo meses en que no era ella. El periquito fingía que hablaba. Decía: «Euuu». Y mi madre decía: «Ha dicho Luis». Y otra vez: «Euuu». «Ha dicho bonito...» Un día, el periquito hipnotizaba a tu madre, le hacía abrir la jaula y se escapaba... Y tu madre lloraba desconsolada: «Milana, bonita, Milana, bonita...»

Entonces tu padre y tú llevais a casa unos peces, porque los hombres somos prácticos.

Los peces son para gente cómoda. Además, dan a la familia un aire intelectual. Dejan de ver tanto la tele y se dedican a observar un acuario con unas ruinas romanas. Cada miembro de la familia apadrina un pez y le pone un nombre.

El tema de los peces es muy delicado, porque te vas de vacaciones y dejas a un amigo encargado, que los hace reventar de tanto comer.

De manera que llega el momento de comprarse un perro o un gato. Con un perro se liga mucho, aunque un gato da más guerra.

Mucho cuidado, porque los perros y gatos de ahora se estresan. Eso antes no ocurría.

Si estás poco tiempo con ellos no te miran cuando llegas, y te ignoran.

Todos los perros pequeños son muy cotillas y se meten en todos los rincones. Cuando son grandes son ellos quienes te sacan a pasear a ti. Claro que siempre te puedes vengar encerando el suelo del pasillo. «¡Ven, Tarzán, ven !»

Sacar a pasear al perro es ideal para ligar. Acabas conociendo a todo el vecindario que tiene perro. «Pero, no eres Lulú. Eres la dueña de Samba, el boxer, y el que te gusta es el dueño de Robert, el schnauzer...»

En las reuniones que se forman en el descampado donde llevas a tu perro a refocilarse, sólo se habla de perros.

También puede ocurrir que tu perro se enamore de otra perra cuya dueña sea un «calamar». Por cierto, no sé por qué la gente no tiene un calamar de mascota y lo saca a pasear... Vas a una tienda de animales y no tienen ni un sólo accesorio para calamares. Hay huesos, sonajeros, pelotas, pies para que muerdan los perros... Pero para los calamares no hay ni Rebocín.

Arozamena, a ver cuándo haces un programa para calamares.

Ahora los perros son más delicados que nunca. Algunos sólo pueden comer pechugas asadas y desarrollan embarazos psicológicos. Y a los gatos hay que darles pienso de régimen, porque se ponen como focas...

Será por eso que la gente se compra reptiles... Pero, para original, Froilanín, que tiene como mascota un camellito, a ver quién le gana.

¿QUÉ COSAS HAY QUE HACER SIN PENSAR?

Hacemos muchas cosas sin pensar. Pero a quien más se les nota es a los políticos, porque siempre están hablando por un micro y dicen muchas sandeces. Y si no, atención a lo que ha dicho el director general de Medio Ambiente de Castilla y León, que hoy me ha servido de inspiración. Para acabar con el problema de los ataques de lobos a los rebaños de ovejas, ha aconsejado a los ganaderos que hagan como Kung Fu : «Aprovechad la fuerza del enemigo para vencerle», tras lo cual aseveró que los ganaderos deben cambiar los hábitos de criar ovejas por los de criar lobos.

Y se ha quedado tan ancho, sin preguntarse qué hacen después los ganaderos con los lobos? ¿Chuletas? ¿Un coro? Y los perros pastores...¿al paro? ***¿Qué cosas hacemos sin pensar?***

Quitarnos una tirita, por ejemplo. Levantas un poquito y te arrancas un pelo. Pero te duele, te da miedo y la dejas para ver si cae sola como los puntos... Lo mejor es arrancarla de un tirón, sin pensar... O pedírselo a alguien, porque los demás sí que no se lo piensan.

Sin pensar, le ofrecemos un dedo al periquito y, claro, nos picotea...¿Qué otra cosa puede hacer un periquito? Sólo puede picarnos. Y es que a veces parecemos tontos.

¿Qué hacemos sin pensar?

Decir el nombre de tu amante cuando estás con tu pareja, cosa que no suele gustar nada...

Sin pensar nos tiramos del trampolín... Porque si lo pensamos no lo hacemos, y a partir de los quince segundos cada segundo que pasa es más difícil que nos tiremos. Al final volvemos a descender por la escalera del trampolín, que en ese momento se convierte en algo humillante.

Sin pensar te vuelves solidario. Pasas por delante de una unidad móvil de extracción de sangre. Te da el impulso y te lanzas. «Voy a dar mi sangre por los demás», piensas, pero cuando ves la aguja de a palmo quieres irte con tu madre... La enfermera te dice que no te preocupes, que luego te darán un bocadillo de salchichón.

Estás como parte del público en un plató de televisión y alguien pide voluntarios para ser hipnotizados. Sin pensarlo levantas la mano. La cámara te enfoca... ¡Ala! A hacer el ridículo con el cuello doblado como una gallina. «Ahora ves a la gente desnuda», te dicen. «Ahora eres Willy el de la abeja Maya».

¿Qué cosas hacemos sin pensar?

¿Qué cosas hacemos sin pensar? Ponernos la ropa. Todo el mundo sabe en qué parte del cuerpo va cada prenda. Por eso no nos ponemos los calzoncillos en la cabeza y los zapatos en las orejas...

Cuando llevamos pantalón corto, los hombres nos tocamos los huevos todo el rato, sin pensar, venga el rascón... Desde cualquier orificio, bolsillos, camal, bragueta, parte superior... Ya se sabe que todos los caminos conducen a Roma.

¿Qué cosas hacemos sin pensar? Mirar a las tías buenas cuando pasan por nuestro lado. No es algo premeditado, lo juro...

Hacer zapping, cuando estamos como posesos cambiando de canal.

Gritar cuando hacemos el amor, que se monta una escandalera... Cuando el tío se corre dice: «¡Sí, sí, sí!». Cuando acabas hay una quietud y una paz...

Hay cosas que se cantan sin pensar, como cuando te levantas de la cama con «La Flaca» o «Depende, todo depende...»

Casarse. La gente se casa sin pensar. De lo contrario, no lo harían. Todo el agobio que hay para casarse, probar el menú, elegir el tarjetón, la lista de bodas, los cursillos, el traje, los regalos de la madrina. Todo esto se hace para tener la mente entretenida y no pensar que te casas...

Cuando llegamos a una casa o a un bar, y hay revistas del corazón, vamos como hipnotizados hacia ellas. Es algo innato en el ser humano.

¿QUÉ VILLANCICOS PARECEN ABSURDOS?

En los villancicos hay mucho tomate, sucesos, robos, gente aprovechada, tráfico de drogas, abuso de animales, expedientes X... ***¿Qué villancico le parece más absurdo?***

Empecemos con los villancicos que contienen expresiones sin significado, auténticos mamarrachos : «La Nochebuena ya viene, tu ru ru, la Nochebuena se va, aa, y nosotros nos iremos, tu ru ru, y no volveremos máaas»... ¡Y todo esto cantado con mucha alegría!

«25 de diciembre fun fun fun»

Los villancicos favorecen la unión familiar. Familia que canta unida permanece unida, y el villancico que más propicia esta unión es el del Tamborilero. Una parte de la familia es la que canta, y la otra la que hace el «porromponpón»: «El camino que lleva a Belén -pron prron- baja hasta el valle que la nieve cubrió -pron prron-. Los pastorcillos quieren ver a su rey -pron prron-. Le traen regalos en su piel de zurrón -pron prron...

Se podría creer que el niño Jesús es la estrella de los villancicos, pero no. Es el burro: «Arre borriquillo, vamos a Belén, que mañana es tarde y al otro también», «¡Hacia Belén va una burra, rin rin, yo me remendaba, yo me remendé, yo me eché un remiendo, yo me lo quité ! ¡Cargada de chocolate lleva su chocolatera, rin rin, yo me remendaba, yo me remendé, yo me eché un remiendo, yo me lo quité, su molinillo y su anfre!

¿Cómo que yo me remendaba, yo me remendé, yo me eché un remiendo...? Una prueba más de que los villancicos se escribieron tal como salían de la cabeza, como Cañita Brava.

O sino que me expliquen lo de: «Pero mira cómo beben los peces en el río, pero mira cómo beben por ver a Dios nacido. Beben y beben y vuelven a beber, los peces en el río, por ver a Dios nacer». Es como decir: «Pero mira cómo respiran las personas en el aire, pero mira cómo respiran, respiran y respiran y vuelven a respirar, las personas en el aire...»

El villancico que todos prefieren es «Noche de paz». Todos intentan cantarlo, pero al final no llega nadie a la parte que dice: «Duerme el niño Jesús» y luego baja: «¡Duerme el niño Jesús !»

El villancico trata muy bien a la Virgen: «Se peina entre cortina y cortina, los cabellos son de oro y el peine de plata fina». Sin embargo, San José es un desgraciado. Cuando no entran los ratones a roerle los calzones se los quitan los ladrones. Así que según la sabiduría popular va siempre en ropa interior, como Sharon Stone.

En cuanto a los reyes magos, son unos irresponsables. Atención al villancico: «Ya vienen los reyes por aquel camino, ya le traen al niño sopitas con vino». ¡Bonita manera de tratar a un niño de pecho!

Y están los villancicos cultos en latín, el «Adestes fideles». La gente improvisa y dice mamarrachos tipo Ozores : «Adestes fideles, le triunfante Benite, Benite es el Cordobés...»

Productos todos de los excesos de Nochebuena...

¿QUÉ COSAS PASAN CUANDO NOS PONEN UNA ESCAYOLA?

Es un hecho innegable de la naturaleza que en primavera las calles se pueblan de brazos y piernas escayoladas... Según los médicos, a la gente le da por hacerse esguinces y fracturas en esta época. Los niños juegan más en la calle, están en fase de crecimiento, hacemos más deporte... Se nota que estamos más torpes después del letargo invernal... Algunos están torpes todo el año y se hacen esguinces en pleno invierno, pero hoy hablaremos de las escayolas primaverales. ¿Quién no se ha hecho un esguince o «esglince»? Porque hay quien lo llama esglince, y quien dice que ha tenido una rotura de mesquino... Se admite todo, roturas, esguinces, fracturas, todo lo que lleve yeso. ***¿Qué cosas pasan cuando nos ponen una escayola?***

Lo primero que pasa es que tienes que explicarle a todo el mundo cómo te lo has hecho, porque todo el mundo te pregunta: «Chacho, ¿qué te ha pasado?». «Pues nada, qué pisé un garbanzo, y como ahora los médicos te escayolan por nada...» o: «Pues no lo sé, una cosa tonta. Me caí en llano y al día siguiente tenía el pie como una bota...»

Si eres pequeño al principio te hace ilusión, porque a todos tus amigos ya les habían escayolado alguna vez y a ti te daba envidia la escayola llena de firmas y garabatos.

¿Por qué se firman las escayolas ? ¿Acaso se firman los bragueros, las dentaduras postizas, los ojos de cristal...? Pues las escayolas se firman como si fuesen tarjetas de cumpleaños: «Que te mejores»... También están los que hacen dibujos guarros, como una tía desnuda, y te ponen en un compromiso, porque para no escandalizar a nadie tienes que cubrirlos de rayas.

El médico y tu madre te previenen contra las firmas, pero una vez que alguien te echa la primera aquello no hay quien lo pare.

Si la escayola es en la pierna tienes ocasión de disfrutar con las muletas. Siempre hay un amigo que conserva unas y te las deja. Hay personas que las guardan con cariño porque han sido escayoladas varias veces. La gente no tendrá un Miró o un Monet, pero ¿quién no tiene un par de muletas en casa, bien sean propias o de alguien que nos las prestó hace años?

Pronto empiezas a aborrecer la escayola, cuando empieza a picarte la pierna y no te puedes rascar. Algunos insensatos se meten una aguja de punto en la escayola para aliviarse, o un boli BIC, sin pensar que la tapa de éste puede perderse dentro y que todos van a decirte que se te va a pudrir y que vas a sufrir la gangrena…

Aborreces la escayola cuando empiezan a salirte estigmas en las manos por las muletas. Tu madre te pone unas hombreras para que no te duelan las manos al apoyar. Al principio te da vergüenza pero luego dices: «¡Qué leches!»

Si la escayola es en el brazo te lo tienen que hacer todo, desde atarte los cordones de los zapatos a desabrocharte la bragueta, y si es la mano con la que escribes te ilusionas pensando que te vas a librar de los exámenes… Pero siempre hay profesores tan retorcidos que te los hacen orales.

La higiene con la escayola es casi misión imposible. Lo mejor es no lavarse, pero si uno no lo puede soportar acude al plástico, a las bolsas del supermercado o de basura, y se envuelve la pierna o el brazo como un bocadillo… Si es en la pierna te puedes atar la bolsa tú solo, pero tienes que ducharte con la pierna fuera. Hay gente que mete un taburete en la bañera y se ducha sentado… Lo peor es salir, porque puedes volver a resbalar, y si te agarras a la cortina es fácil arrastrarla al caer.

Si es un brazo lo que tienes escayolado, para atarte la bolsa has de ayudarte con los dientes… Lo mejor es no lavarse en todo el mes.

Los que llevan escayolada la rodilla van con la pata tiesa todo el rato, razón por la que les llaman «pata chula».

El gran drama de una pierna escayolada es cuando tienes que subir al autobús. Lo paras levantando la muleta en vez de la mano, y para subir primero lanzas como puedes las muletas arriba, en una suerte de lanzamiento de jabalina,. Después te agarras y das un brinco… Recoges las muletas, te apoyas como puedes, pasas el bonobús… Menos mal que el asiento lo tienes asegurado.

Todos tus amigos quieren probar las muletas, y siempre hay uno que les da la vuelta y se pone a jugar al golf.

Cuando te quitan la escayola se te queda la pierna como la de un abuelete, blanca, escuchumizada y sin pelos, y tan floja que no puedes apoyarla en tres días…

Lo que no puedo contar es cómo se hace el amor con una escayola, ya que no he tenido el placer.

¿QUÉ COSAS IMAGINAMOS DE FORMA DISTINTA A COMO SABEMOS QUE SON?

No seremos nosotros quienes huyamos del tema del día, que es el décimo tercer congreso nacional del PP. En todos los periódicos aparece la figura de José María Aznar, y resulta curioso ver cómo cada humorista gráfico se imagina al presidente de cara a este congreso :

Gallego y Rey lo representan como un pequeño rey al que le van poniendo una enorme alfombra para que la pise...

Ricardo y Nacho lo ven como un dios y le ponen el triángulo divino en la cabeza, como a Felipe... Pero le queda grande el traje.

Peridis lo representa como siempre, sobre una columna con la capa.

En la portada de El Mundo sale disfrazado de Tintín, dando una patada a algo que no se ve, pero que se descubre en las páginas centrales. Es el perro Milú, pero con la cara de Cascos...

A fuerza de repetir un dibujo, los dibujantes de cómics hacen que tengamos una imagen de las cosas que sustituye a la imagen real... ***¿Qué cosas imaginamos de forma distinta a como sabemos que son?***

Por ejemplo, todos sabemos que un corazón es un gurruño sanguinolento rodeado de venas, pero siempre imaginamos un dibujito «en forma de corazón» atravesado por una flechita.

A los chinos siempre nos los imaginamos con un gorro triangular, una coleta y dentro de una cabina... Mil chinos en una cabina...

A los marcianos, ya pueden venir a decirnos que son como esporas, que nos los imaginamos verdes, con antenas y con pies de rana...

Algo parecido nos pasa con la televisión, que siempre la dibujamos con dos antenas arriba, aunque poca gente tiene ya una tele así. La verdad es que nadie le dibuja a la tele un cable que vaya a la antena colectiva.

La ballena. Todos sabemos, porque lo hemos visto en los documentales de la 2ª cadena, que una ballena es como un pepinillo gigante... Pero cuando te dicen «ballena», piensas en una especie de jamón tumbado con una fuentecilla en el lomo y sonriendo...

Los cerdos te los imaginas siempre rosas, suavecitos y sin pelo, como el cerdito-hucha, y no como un verraco negro.

Cuando dibujamos un coche siempre parece un 124, aunque ya no existen. Ningún coche es ahora así.

¿Y las vacas ? ¿Quién se imagina una vaca marrón ? Pues hay vacas marrones, puedo afirmarlo. Sin embargo, todos las imaginamos blancas con manchas negras...

Esto no le pasa a todo el mundo, pero hay quien se imagina el Empire State de Nueva York con King Kong agarrado a la punta...

A los egipcios te los imaginas de lado, haciendo la serpiente con los brazos. Y de la manzana siempre sale un gusano, pues qué alegría...

Tampoco hay piratas enteros. O les falta una mano y tienen un garfio o les falta un ojo, o llevan una pata de palo. Nunca te los imaginas con un esguince... Ni tampoco con una úlcera...

¿Qué cosas imaginamos distintas a como sabemos que son?

A la hora de representar las profesiones también somos unos cachondos:

El médico lleva siempre un espejo en la cabeza y un estetoscopio colgando en el cuello, como si fuese un collar de Marujita Díaz.

El bombero nunca suelta la manguera.

El árbitro anda siempre con la mano levantada, sacando tarjetas rojas y con el pito en la boca.

¿Puede alguien imaginar a una sirvienta que no vaya vestida como Gracita Morales...?

¿Y a un cocinero sin gorro?

Cuando te hablan de América Latina te imaginas el mapa con una mancha verde, que es el Amazonas.

¿Qué cosas imaginamos distintas a como sabemos que son?

El sexo. Sabes que no es así, pero te lo imaginas como una foto borrosa, como si estuviera tras un velo, y a cámara lenta... Y desde luego a cámara lenta no es... Puedo afirmarlo...

El humo está muy presente en la imaginación. Así, por ejemplo, todas las casas tienen un humo que sale por la chimenea y un camino lleno de curvas que va directamente a la puerta...

El humo también lo ponemos en los trenes. Nadie dibuja el AVE, porque no lleva humo.

Y en los barcos, y en la cabeza de una persona cuando piensa mucho...

Y las montañas tienen que tener nieve y terminar en punta. De lo contrario, pueden ser cualquier cosa...

Las gaviotas son uves con un ala más larga que la otra. Como la del PP.

A la gente de la radio te la imaginas como a ti de da la gana y cuando los conoces en persona te pasas dos o tres días fatal, hasta que consigues acoplar esa cara con esa voz. Te niegas a que una persona determinada tenga una cara concreta.

¿Qué cosas imaginamos distintas a como sabemos que son?

A Dios nos lo imaginamos con barba. Aunque ahora ya sabemos que no lleva, porque lo ha dicho el Papa... Vale, aunque lo diga el Papa, imagínate tú a Dios, a Jesús o a San José sin barba, a ver si puedes...

¡La luna ! La luna es una raja de melón con nariz... Nadie dibuja una luna llena, eso es un sol, siempre que le añadas unos rayos convenientemente.

Y las nubes siempre son gordas. Nadie dibuja cirros...

Un pollo siempre te lo imaginas asado entero, con dos gorros de cocinero en las patas.

¡Qué manía tiene la imaginación de ponerle gorro a todo !

NORMAS DE CONVIVENCIA: LOS CUÑADOS

En todas las familias existen. Es una condena que viene en el lote. Si no los tienes los tendrás, y si no lo eres lo serás. Hablo de los cuñados.

Un buen día llegas a tu casa y tu hermana ya no juega contigo. Dejas de interesarle y empieza a ponerse como enferma. Falta poco para que, el día menos pensado, se meta en casa un cuñado, un extraño.

Por norma general, los cuñados son gordos, llevan gafas, tienen granos y tartamudean. Si no tienen alguna de estas características no serán buenos cuñados.

El cuñado es un manta. Siempre llega con la sonrisa y pregunta: «¿Cómo estáis, familia?», alargando las vocales. Luego llama al suegro y a la suegra por sus nombres: «¡Ameliiiiaaaa, Paaaabloooo!», y se sientan.

Los cuñados comen como los cerdos. Se sientan a la mesa y pillan a dos manos lo mejor de las fuentes. Por suerte, tu madre te defiende de ellos y te pone aparte los mejores trozos de pollo, para evitar que se los coman los cuñados.

Después de comer, el cuñado está acostumbrado a eructar en su casa. Y, como ahora no puede, infla los mofletes y luego sopla despacito, disimulando.

Al buen cuñado después de comer se le cierran los ojos, y tiene que hacer siesta en el sofá con la boca abierta. Tu padre siempre gasta la misma broma, que consiste en colocarle el tapete o pañito en la cabeza a modo de doña Rogelia. El cuñado, impertérrito sigue durmiendo. Al despertarse dice: «¡Me cago en la puta!», y tira al suelo el pañito.

Un buen cuñado ha de tener el pelo grasiento.

Llegas a casa de tu madre aunque ya no vives allí, y el cuñado está viendo el fútbol. ¿De quién es más la casa, tuya o suya? Pues al final, te guste o no, te quedarás viendo el fútbol.

Llegas a tu casa y vas a la nevera a por un trozo de tortilla que quedaba de la comida y con el que estabas soñando, y tu madre te dice: «Es que, como tenía hambre, se la ha comido Paquito». Y es que un cuñado siempre tiene hambre.

Lo peor es que se empiecen a tomar confianzas y un día llegues a tu habitación y te lo encuentres en tu cama, tumbado porque tenía sueño.

El cuñado siempre sobra. Está de más, porque la casa de tus padres estaba preparada para cuatro, no para cinco. En la noche de Nochebuena se quedará a dormir en cualquier sitio menos en su casa, y serás tú el que terminará en el sofá.

Intentan hacer amistad contigo, pero no les sale. Y es que, ¿cómo pueden ser amigos tuyos si no les conoces casi, se acuestan con tu hermana, se comen tu trozo de tortilla y encima se quedan dormidos en tu habitación como si fueran sapos?

El hermano de tu novia es tu cuñado y tú también eres el cuñado de tu cuñado. A veces al hermano de tu novia tienes que llevártelo al cine o que darle pasta porque es pequeño y horrible, y tienes que chantajearle para quitártelo de enmedio.

Capítulo aparte son las cuñadas o las concuñadas, que son las mujeres de los hermanos. Todas éstas son cuñadas y concuñadas, lo que queda la mar de bien.

Algunas llevan permanente y el pelo teñido. Ten cuidado porque las teñidas son todas unas falsas.

Si tienes una cuñada que no aguantas no te preocupes, porque tu madre te ayudará a ponerla verde.

Desde que llegó la cuñada ha hecho desgraciado a tu hermano. Le ha cambiado hasta la raya del pelo de sitio, porque se cree espléndida y piensa que lo hace todo muy bien.

Todos en casa criticáis que en su casa sea tu hermano quien baje la basura, vaya al super, recoja la mesa y se haga la cama, cuando en tu casa no se levantaba de la silla. Tu madre no da crédito a lo que ve... «Eres un calzonazos», le dice.

Cuando vas a verles alguna vez alucinas. No puedes tocar ningún cenicero ni pisar el comedor. Gozan de todos los lujos, y ella tiene la culpa de que tu hermano no vaya a ver a tu madre.

¿QUÉ INSTINTOS BÁSICOS REPRIMIMOS?

Un juzgado de Granada ha condenado a una joven a pagar 277.000 pesetas por morderle en una teta a una modelo... Lo que le pasó a esta «teticida» es que vio a la modelo por la calle y no pudo reprimir sus instintos básicos. Le dijo: «Te voy a partir la cara porque me caes muy gorda», y le mordió la teta. La verdad es que muchas veces dan ganas de no reprimirse y dejar suelto a ese animalillo que todos llevamos dentro. Este es mi tema de reflexión social sustitutoria: ***¿Qué instintos básicos reprimimos?***

¿Quién no ha sentido alguna vez el deseo de quitar el bote de tomate de abajo de la pila, en un supermercado, y que se caiga toda? ¿O el de subirte en el carrito de la compra como si fuese un patinete? ¿Quién no ha sentido el deseo de apretar el michelín de un gordito como si fuera una bocina? Son nuestros instintos básicos que reprimimos, por educación, por vergüenza o porque queremos caer bien... Hablemos de ello.

Hay un instinto básico que reprimimos, que es quitarte los zapatos en el restaurante o en un cine. A veces no lo puedes evitar y lo haces, y pierdes uno y no te puedes mover...Mientras tanto disimulas como si no pasase nada y vas con el pie tanteando por debajo de la mesa. A veces tocas a alguien sin querer y te mira como preguntándose si se abre de piernas o te da un guantazo.

Un instinto que reprimimos es cuando nos estamos haciendo pis y vamos al lavabo, y vemos que en el nuestro hay cola y que el del sexo opuesto está libre... ¿Qué haces? El cuerpo te está gritando desde la vejiga: «¡Métete!», pero te aguantas.

También nos reprimimos cuando, estando ya sentados en la taza de un water público, no nos atrevemos a relajar todos los esfínteres y a soltar el aire sobrante emitiendo esos sonidos tan simpáticos, ¡piiii pooo!, porque siempre pensamos que pueden escucharnos desde fuera.

¿Qué instintos básicos reprimimos?

Mirarte en el espejo del ascensor cuando hay gente. Cuando subes sólo haces caras y te miras los dientes a ver si llevas alguna cosa negra, y haces «fffff» con la salivita. Pero si hay más gente nos dedicamos a hablar del tiempo, como si fuésemos consumados meteorólogos.

¿Qué instintos básicos reprimimos? Mandar al jefe a la mierda cuando se pone tonto.

Las mujeres reprimen mucho el instinto básico de rascarse el culo en medio de la calle, y los hombres menos.

¿Y no os ha ocurrido estar con un calvo y querer tocarle la calva un momento? Lo que pasa es que te reprimes.

Yo cada vez que veo un ordenador me tengo que reprimir, para no tocar todos los botones a la vez y ver qué pasa en la pantalla...

¿Qué otros instintos básicos reprimimos?

Pisar el cemento fresco y dejar la huella. ¿Apetece, verdad? Vas por una calle, lo ves todo tan lisito y te entran unas ganas...

Y cuando veis un micrófono por ahí en una boda o una conferencia, ¿no os entran ganas de decir algo? «Sí, vale, uno, dos...»

Hay un instinto básico que mucha gente reprime, que es el de gritar todo lo fuerte que te pide el cuerpo cuando hacemos el amor... Si tienes vecinos llega un momento en que haces un acto mudo, como si estuvieras bajo el agua.

A veces no queda más remedio que reprimir las ganas de darle un tortazo al hijo de tu amigo, que es el repelente niño Vicente...

Más ejemplos... Ves a un niño, y de repente se pone a hacer una pompa con el chicle... ¿Acaso no sentís la tentación de explotársela?

O estás en una boda y pasa la novia toda puesta, y te entran ganas de pisarle la cola...

En la iglesia siempre me entra la tentación de meterme en el confesionario, cerrar la puerta y dejar que se te confiesen los fieles, a ver qué cuentan.

Viene el fontanero y se agacha. Cuando le veis un trozo de culo, ¿no sentís la tentación de meterle algo, un cacao o una peladilla?

Y en el fútbol, ¿quién no ha sentido el deseo de darle un trompetazo al de al lado... Así, bien cerca de la oreja...¡Poooooc!

A veces te aguantas a la hora de meterte en una conversación de otras personas, cuando estás escuchando hablar de algo y te apetece mojar. «Pues yo opino que esto...», es la llamada de la selva.

También nos reprimimos a la hora de leer el periódico de otra persona sentada a nuestro lado, en un banco, o en el avión.

¿QUÉ COSAS HACEMOS CUANDO TENEMOS SUEÑO?

Con lo que hemos evolucionado y todavía no hemos podido superar una esclavitud, la del sueño. Dicen los que entienden que, si duermes más horas de la cuenta, te mueres antes. ¿Y qué si te mueres antes? Con lo bonito que es ir sintiendo cómo se espesa la oscuridad alrededor de tu cuerpo y cómo se te van desconectando los cables hasta que desapareces... En fin, mi pregunta es: ***«¿Qué cosas hacemos cuando tenemos sueño?***

Por ejemplo, bostezar... ¡Aaaaaaah!

Cabecear delante de la tele, como si tuviésemos un balón imaginario.

El sueño nos deja en ridículo. Tu padre, por ejemplo, pierde toda la autoridad cuando empieza a dar cabezazos en la butaca con la boca abierta. Tu madre le grita: «¡Cierra la boca !», y tu padre pega un salto en el sillón. Mientras, tu madre sigue: «¡Si tienes sueño te vas a la cama!», a lo que tu padre contesta con unos mamarrachos del tipo: «¡Se ve que soy el último mono!».

Hay gente que en cuanto sube a un coche se repantinfla y ¡hala, a dormir! Son esos mismos que de pequeños se mareaban y a los que les decían: «Hala, Juanito, duérmete y no eches la pota». Cierto que en el asiento del copiloto se duerme bien, pero ¿y los que van detrás? Si no tienen confianza se quedan dormidos, tiesos como bolígrafos, y la cabeza les oscila hasta que se les va hacia delante, cada vez más, y se despiertan de un salto. ¡Qué bonita es la mirada de una persona en esa situación !

Otros se duermen en el tren y apoyan la cabeza en un señor al que no conocen de nada. Si llevan gafas se les quedan torcidas, pero no importa. Y es que el sueño nos hace perder el pudor.

Es muy bonito cuando te quedas dormido viendo la tele en el sofá y de repente te despiertas y dices incoherencias del tipo: «Apaga el gato y encierra la tele en la cocina». Y es que, aunque uno tenga sueño, a nadie le gusta irse en seguida a la cama porque da sensación de enfermedad. De modo que te haces el remolón, y aunque te caigas de sueño siempre haces un último zapping por todas las cadenas. A veces te enganchas otra vez y vuelves a quedarte dormido...

Cuando por fin te vas a la cama haces una última visita a la nevera, coges una croqueta que ha sobrado de la cena, un vaso de leche, o te tomas unas hierbas laxantes, echas un último vistazo por la ventana a ver si pillas a alguna vecina desnudándose, aunque lo que sueles ver es a una vecina fregando, y te vas al baño... Aquí cada uno tiene sus manías, a unos les da por los mocos, a otros por las gárgaras, y a otros por los puntos negros... Algunas personas, por mucho sueño que tengan, se dejan la ropa arregladita para el día siguiente, que ya es fuerza de voluntad.

El sueño tiene eso, que te da un aspecto ridículo, hablas gangoso, andas como si estuviese borracho, contestas a todo que sí para que te dejen tranquilo, estás de mal humor y con los pelos de punta, ellas con el cardado chafado, y los calvos con esas dos alas que se les forman a ambos lados de la cabeza.

También están los que se duermen en el cine. No quieres dormirte, pero acabas resbalando en la butaca como un bendito. Cuando hay una escena con mucha luz en la pantalla todo el cine te ve hecho un fardo, algunos incluso te oyen roncar. Y es curioso, cuando acaba la película es como si apretasen un botón y te despiertas, ves los créditos y dices: «Me he dormido un momento, pero me he enterado de todo».

¿Y cuando se tiene sueño pero no puedes dormir porque tienes que estudiar, que estás con los exámenes de febrero?

Entonces lo probamos todo, desde poner los pies en un cubo con agua fría, pasarte un cubito por el cuello, tomarte una cucharada de café en seco cuando el líquido no te ha hecho efecto, beber Coca-Cola hasta tener flato, sentarte incómodo sobre una pierna... Tengo una amiga que se hace una limpieza de cara con depilación de cejas incluida, que por lo visto despeja una barbaridad.

¿A QUÉ COSAS LES PONEMOS OTRO NOMBRE?

Al excelentísimo nieto del rey le han puesto FELIPE JUAN FROILÁN DE TODOS LOS SANTOS, pero seguro que alguien de la familia, su mamá, su abuela, su tío, ya le habrá llamado cariñosamente «Froi». «¡Ay, mi Froi chiquitín!», «Froilanín», o «el piojillo», «el moco», «el pichurrín de la casa»... Nos encanta llamar a los bebés con nombres ridículos. ¿Por qué?

Porque al cambiar los nombres de las cosas es como si nos las apropiásemos, es como si las hiciésemos más nuestras. Los nombres se gastan como los trajes, y hay que inventar unos nuevos.

Probadlo, cambiadle el nombre a algo y veréis como parece más hermoso.

Julio Cortázar tuvo un gato al que quería tanto que le cambió el nombre cuatro veces.

Hoy pregunto: ***«¿A qué cosas les ponemos otro nombre?».***

¿A qué cosas les ponemos otro nombre?

A casi todo, pero especialmente a lo que más apreciamos. Al bar de abajo del trabajo, que tanto visitamos y queremos... Yo al mío le llamo el Bazofias... Es puro amor.

A la gente que vemos todos los días. Están «El calamar», «La tía buena», «Pitagorín». Cuando hablas con los compañeros y les dices: «He visto a Perolin Springuol, y llevaba tanto escote que casi se sale del vestido», todo el mundo sabe a quién te refieres.

Le pones otro nombre al jefe. En esto la gente suele sers poco original : «El bigotes», «Fu Man Chu», «El sheriff», «Van Damme»...

Le cambiamos el nombre hasta a España. Ya nadie la llama así excepto las folklóricas. Los demás dicen: «Este país»o «el Estado español»...

Le ponemos otro nombre al mando a distancia: el trasto -«Dame el trasto ése»-, o el chisme.

Y cuando una palabra se hace famosa la utilizamos para todo. ¿Os acordáis del finstro? Era una palabra comodín que valía para todo, aunque dentro de las expresiones comodín la que se lleva la palma es «la mierda ésa». «Dame la mierda ésa» sirve para pedir cualquier cosa.

Nos encanta poner otros nombres a las partes de nuestro cuerpo. Algunos nombres pasan a ser del dominio público como:

Llamar dátiles a los dedos, a las manos zarpas y a los pies pinreles...

La nariz es la napia, pero si es la de nuestra chati entonces es su alcachofita o su tulipán.

Las orejas son los soplillos, y las uñas de los guarros, mejillones...
El culo es el pandero, el pompis o la cara B.
La calva es la bola de billar.
Los ojos, los tarros.
La cabeza tiene muchos nombres: la olla, el cabolo, la cebolla...
Las tetas son las domingas, el airbag de serie. Como sabemos, muchas mujeres ponen nombre a sus pechos, y muchos hombres a su colita...

¿A qué cosas les ponemos otro nombre?

El que se lleva la palma en esto de acumular nombres es el sexo... Pero no voy a decir ninguno. Bueno, el kiwi.

Lo que más nos gusta es lo que bautizamos más veces... De ahí que hacer el amor acumule tantos nombres: hacer el guarro, traca traca, triqui triqui, ñaca ñaca, planchar un rato. Tengo un amigo que cuando lo hace entre semana lo llama: «Hacer chucucucu uhhh en un día azul».

A mí la variante que más me gusta es: «Vamos a reírnos del mundo».

Ya digo que lo que más nos gusta es lo que más bautizamos. Por eso el dinero tiene tantos nombres: la pasta, la guita, la pela, la plata, la mosca, la leña, los cuartos, las perras...

Otra cosa que también nos gusta es la cama:

El catre, el nicho, la piltra, el sobre...

¡El sol se llama Lorenzo !... Y la luna Catalina, aunque también se llaman catalinas a las cacas de los perros y a las estufas...

Queremos quitar frialdad a la palabra PRESERVATIVO y los llamamos globitos, gomas, impermeables...

Lo rebautizamos todo, incluso los puentes, los edificios, las fuentes. Lo hacemos para marcar el terreno, para poseerlo, como diría el famoso Nicanor. El ser humano posee todo lo que puede poseer, y lo que no, lo alquila...

¿QUÉ COSAS EMPEZAMOS CON GANAS Y DEJAMOS A MEDIAS?

El ser humano se caracteriza por ilusionarse por las cosas más peregrinas, y porque se le pasa rápido la ilusión...

¿Cuánta gente que nos está escuchando tiene una colección de sellos empezada? ¿Cuántos comenzaron a estudiar solfeo con el brillo en los ojos y se lo dejaron en el compás de tres por cuatro?

Una cosa que todo el mundo ha empezado con muchas ganas es a tocar la guitarra. «¡Mamá, cómprame una guitarra, cómprame una guitarra!». Te la compran y descubres que no tienes oído, y por mucho que la rasques no sacas nada... Y si tienes oído cuando tienes que aprender el Fa te lo dejas.

Si la guitarra te toca en una tómbola no pasa nada, pero si tus padres se han gastado un pastón te obligan a practicar.

Un buen día descubres que tu casa no es el metro y decides pintarla, para que parezca un hogar. Enloqueces y quieres hacerlo en seguida, porque la mugre te molesta. Empiezas rabiosamente y cuando terminas una habitación decides que el estilo del metro es muy bonito.

¿Cuántos cursos de inglés hemos empezado? ¿Cuántas cintas de cassette y de vídeo hay repartidos por casa? ¿Recuerdas cuántas veces empezaste el Follow me?

Todo el mundo tiene alma de artista. Un día estás de visita en el museo del Prado y descubres que has nacido para pintar. Te compras la maleta de pintor, los óleos, la paleta, la trementina, el aguarrás y unos lienzos de dos metros. Vas a pintar el cuadro de *Las Lanzas*, pero pintas una maceta de tu madre, te cansas y te lo dejas.

¿Quién no iba para director de cine o para fotógrafo? En tu comunión te regalaron una cámara de fotos y empezaste a gastar pasta en carretes y en un gran angular. Te dedicaste a fotografiar pomos de puertas, pero viste que la gente no se emocionaba y lo dejaste.

Cuando haces *Los siete errores* de los pasatiempos, empiezas con ilusión por los fáciles, porque pillas la nube, los tres pelos del calvo... Pero no tienes paciencia para los difíciles.

En cuanto a los crucigramas, tan pronto se te atasca una pregunta te vas a la solución.

Hay mujeres que sólo se depilan lo que se les ve. Por ejemplo se depilan únicamente los pelos de los tobillos porque llevan pantalones, y cuando se los quitan descubres que tienen pelos a trozos.

Un amigo se hace pescador y tú le ves tan feliz pescando cada domingo, con su caña, su sombrerito, su cestita. Tienes como envidia de su paz... Y te compras una caña, pero no una caña corriente, sino telescópica, y unas botas modelo Álvarez Cascos, y un chaleco con mogollón de bolsillos para meter todas las cosas que llevan los pescadores que no sé qué son. Pero descubres que no tienes paciencia y arrinconas la caña telescópica.

¿Y cuando te entra la vena mística? Dices: «Estoy harto de criticar la religión. Voy a leerme la Biblia, que tiene que ser un libro muy interesante», y te compras una Biblia encuadernada en piel. Pero se te atragantan Caín y Abel...

Vas a escribir un libro. Si lo hace Gala, ¿por qué tú no? Pero te pones ante el folio en blanco y de ahí no pasas.

Quieres hacer un álbum de tu vida y te pones a recoger todas las fotos y a clasificarlas por temas o por edades, y te agobias. A la mierda con las fotos y con el álbum.

Lo mismo pasa con los diarios. Crees que vas a escribir cada noche lo que te ha sucedido en el día, pero sólo lo haces dos noches seguidas y a la tercera pones: «Querido diario, estoy muy cansado. Mañana escribiré». Nunca más vuelves a abrirlo.

Cuando limpian, las mujeres lo hacen a conciencia. Pero a veces, al encontrar pelusas flotando por la casa, nos acomete la mala conciencia y sacamos el aspirador con la mejor voluntad. Sorprendidos, descubrimos que montarlo ya cansa, y volvemos a guardarlo apresuradamente sin que nadie nos haya visto.

¿QUÉ RECUERDOS TIENE DE EUROVISIÓN?

Se cumplen 30 años de la primera gran victoria española sobre el resto de Europa. Massiel ganaba el festival de Eurovisión con su *La, la, la,* de asequible estribillo para cualquier país de Europa. Aunque hay que decir que la canción que después triunfó en ventas fue la que quedó en segundo lugar: *Congratulations,* de Cliff Richard, lo que nos debió de dar un poco de rabia, porque las niñas cuando jugaban a la goma cantaban esto:

«Congratulations,
Me gusta el queso,
Pero me gusta más Massiel con La, La, la.»

Y es que el Festival de Eurovisión en aquellos años era tan importante que provocaba pasiones.

Eurovisión ya no es lo que fue. Se ha perdido la emoción de ver el festival en familia, ha desaparecido esa expectación con la que esperábamos la actuación de España y ver el modelito de los cantantes. Si no nos gustaba, los poníamos a parir. Uno de los mejores años fue cuando ganó Israel con aquel «Abanibí oboebé, abanibí oboebé topo tapa», que fue traducido como «Abanibí quiere decir 'te quiero, amor'»

¿Qué recuerdos le trae Eurovisión?

El festival tenía categoría como para que lo retransmitiese la primera y a una hora decente, no como ahora que lo retransmiten de tapadillo.

Y se veía en familia. El padre repartía unas cuartillas cuadriculadas, para que hiciésemos de jurado y fuéramos puntuando.

Daba mucha rabia que la española saliese de las primeras, porque quitaba emoción.

Tu madre estaba haciendo la cena y decía desde la cocina: «¡Si sale la española, llamadme!».

Cuando aparecía la española y empezaba a cantar, tú notabas que no salía tan bien como en la promoción, y tu madre siempre decía: «Está nerviosa...Pobreta».

Y el agorero de tu padre: «Este año no ganamos.»

Las canciones favoritas después de la española solían ser la inglesa, la italiana y todo lo más la francesa, porque la alemana solía ser horrible y parecía una retahíla de tacos.

Mi madre siempre decía: «¡Qué feo es cantar en alemán!».

Los de Finlandia con la vida no pagaban. Todo el tiempo era como si dijesen mamarrachos.

Portugal siempre nos daba un poco de lástima.

Pero lo mejor era el momento de la puntuación. Mola mucho eso de: «Ruayonuní, an puant, yunaiten kindon, guan point».

Y siempre esperábamos a ver a quién le daban los doce puntos : «Israel, dous points».

Entonces decíamos: «Tongo, hay tongo» o «Hay mucha política». Y tu padre decía: «Ya verás como Alemania nos da los doce puntos a nosotros».

Muy importante era que la cámara mostrase a los cantantes mordiéndose las uñas, sobre todo los que estaban ganando.

Qué vergüenza aquel año en que no sacamos ni un solo punto con «¡Ay, quién maneja mi barca!», de Remedios Amaya, y ahí la tenéis triunfando ahora. Tu padre rezaba por lo bajo: «Ni uno, ni uno»)

Importantísimo era el director de la orquesta. Nosotros llevábamos siempre al maestro Ibarbia.

Y luego está el de la OTI. Aquí parece que se inventan las canciones sobre la marcha, que se las sacan de la cabeza...

Todas tienen títulos parecidos: «Si volvieras mañana», «Si no vinieras más», «Corazón enloquecido», «Al amanecer te entregaré mi amor», «Ojos de cristal», «El rocío en tus manos», o «Tus manos que me acariciaban ya se fueron».

¿Y la mata de pelo que tienen los cantantes de la OTI ?

En la OTI, para qué negarlo, los españoles nos sentimos superiores, con más nivel.

Y cómo no hablar de los nombres de los cantantes que van a la OTI: «Canta Jaro, canta Armando Evaristo».

Ahora todo lo que nos queda del festival de Eurovisión es que al día siguiente preguntas: «¿Quién ha ganado?»

¿QUÉ COSAS CAMBIARÍAN SI NO TUVIÉSEMOS GRAVEDAD?

La cadena Hilton planea levantar un hotel en la Luna para el próximo milenio. Entonces sí se podrá decir con propiedad que los recién casados se han ido de luna de miel. Serán habitaciones de lujo. Supongo que las suites gozarán de vistas a la Tierra. El hotel tendrá playa, galerías comerciales, restaurante de esos de buffet libre que tanto gustan a los jubilados. Habrá un hospital, que va a ser un problema si han de poner algún gotero... También tendrá iglesia y colegio, para que repasen los que hayan cateado.

Será muy divertido, porque los clientes tendrán que llevar zapatos magnéticos o con pesas. Eso ya depende del consumidor... La cadena de hoteles de lujo asegura que dentro de 25 ó 50 años será normal hacer turismo en la Luna. Los japoneses se han puesto contentísimos, porque ya sabemos que disfrutan como chinos con todas esas sandeces, y se habla de edificios hinchables con pistas de tenis y campos de golf. ¡Qué alucine! ¿Cómo van a jugar al golf si no hay gravedad? Cuando salgamos por la noche a mirar el cielo nos preguntaremos: «¿Es la noche que está estrellada o son las pelotas de los japoneses?». ***¿Qué cosas cambiarían si no tuviésemos gravedad?»***

Para empezar, la ley de Newton y su manzana se acababa de rápido... Y los problemitas esos de: «Si desde una torre tiramos una piedra y un piano, ¿qué cae antes?». Se acabaron también los problemas de G, que no del punto G. Hablo del G que es igual a 9'8. Pero no queremos ser científicos. Pongamos en marcha la imaginación.

Tengo que decir que casi todo son ventajas.

No haría falta el Wonderbra, porque todos los pezones mirarían hacia arriba... ¿Creéis que sería más fácil la erección? Igual es por eso que se llama luna de miel, porque todo iría hacia arriba.

Más ventajas. Hacer la mudanza de un piso a otro sería coser y cantar. No harían falta ni camiones ni nada. Algo parecido pasaría con las bolsas de la compra: llevarlas dejaría de ser un engorro. En consecuencia habría más igualdad de sexos, porque la fuerza no sería una cualidad importante. Tal vez el problema no sea el machismo, sino la gravedad.

Desaparecerían los gordos acomplejados, porque la gente se subiría en la báscula y no pesaría nada. «Hala, otro bocadillo de sobrasada.»

No sería necesario aprender a nadar, porque iríamos por encima.

El constipado sería menos molesto, porque no se nos caerían los mocos y no se nos pondría la nariz como un pimiento.

Y tampoco habría que limpiar el polvo, porque no lo habría.

Cuando sacásemos el perro a pasear lo llevaríamos como si fuese un globo.

Pero la vida cambiaría. Nunca se habrían hecho películas como *Cantando bajo la lluvia* o *Aterriza como puedas*.

Y desde luego Superman sería un *pringao*.

¿Problemas ? Unos cuantos. De entrada, los Juegos Olímpicos se irían a la porra. A ver quién mide un lanzamiento de jabalina si no hay gravedad. Y el salto de altura ya me dirás, qué risa.

Los deportes más idiotas que habría serían la halterofilia y los saltos de trampolín, porque los saltadores se quedarían permanentemente dando volteretas.

El puenting desaparecería, y los malabaristas también.

Desaparecería la expresión de «siempre estás en las nubes», y la cambiaríamos por «siempre estás en el suelo».

No podrían hacerse chistes de la compresas con alas...

Del ascensor sólo estaría el hueco. La gente se pondría debajo y pegaría un salto, y durante el ascenso confraternizaríamos brevemente con los vecinos: «¿Qué, a comer?» «Pues sí».

Y, sobre todo, las cosas se tomarían más a risa por la falta de gravedad. ¿Habéis captado el juego de palabras?

¿QUÉ PASA CUANDO ERES NUEVO?

Las novatadas universitarias serán un delito penal en Francia. Y podrán ser castigadas con multas y hasta con seis meses de prisión.

Esas novatadas, que son una auténtica tradición y vienen practicándose en las universidades francesas desde la época de Napoleón, suelen constituir una verdadera humillación para las víctimas.

No sé si copiando a Francia, aquí también se practican las novatadas en las facultades. El primer día, los novatos reciben una lluvia de huevos, harina y agua.

Y en los colegios mayores es peor. Pueden ponerte rulos y un batín de boatiné y llevarte a la puerta de El Corte Inglés a hacer encuestas, o presionarte para que te bañes desnudo en una fuente céntrica, después de avisar a todas las chicas.

Y es que ser nuevo siempre es malo. Te conviertes en una víctima de los demás y también de tu propia novatez.

Así que ésa es mi pregunta: ***«¿Qué pasa cuando eres nuevo?»***

Cuando hablas con un nuevo grupo de amigos, sólo dices monosílabos: «Sí», «No»... Y agradeces que haya alguno que se haga más amigo tuyo que los demás... Pronto descubres que es el pesado del grupo y que les cae mal a los otros.

Pero donde verdaderamente pasan apuros los nuevos es en el trabajo.

Al principio quieres quedar bien con todo el mundo. Hay que ver lo generosos que somos cuando acabamos de llegar. Ofrecemos de todo: si tienes caramelos, pues caramelos; si vas a la máquina preguntas quién quiere agua.

La principal defensa del nuevo es la risa. Se ríe de todo después de cada frase, sea la que sea:

«Pues se ha muerto mi abuela». «Je, je, je, je»

El nuevo mueve mucho los hombros, los sube y los baja, como queriendo decir: «No sé». Y si pasa algo grave su opinión no cuenta.

El nuevo nunca sabe dónde están las cosas.

El nuevo siempre está rojo porque se siente inseguro, y lo hunden cuando al verlo alguien le dice: «Estás rojo».

Esta inseguridad hace que cuando eres nuevo te muevas cerca de las paredes. A veces, en medio de una reunión, apagas las luces con el culo, y todos protestan: «Yeeeeh, ¿quién ha sido? ¡Seguro que ha sido el nuevo!». Cuando eres nuevo nadie sabe tu nombre. Eres «el nuevo», simplemente, hasta que llega otro más reciente.

Siempre es preferible ser el nuevo en tu trabajo y hacer todas las fotocopias, que ser el nuevo en la clase de aerobic, donde cuando llegas tú con tu pancha los demás están con calzones ajustados. Y empieza la música: «¡Ingue, ingue, ingue!».

Y se ponen todos a bailar a la vez, porque se lo saben y tú pareces Paco Martínez Soria.

Y gritan todos: «¡Hey, hey!».

Quieres seguir el ritmo, pero gritas a destiempo y cuando se callan todos se oye tu grito solitario: «¡Hey !». Es como para morirse..

De todos modos, siempre es mejor ser el nuevo en la clase de aerobic que el nuevo en la clase de yudo, con tu kimono blanco, tu cinturón blanco y tu cara blanca, cuando te dicen: «Ponte con ése», que es un tío más ancho que largo.

Algo parecido pasa en el gimnasio. Todo el mundo haciendo pesas y a ti te dan un palo de escoba, y te ponen delante de todos a hacer giros...

En esas actividades lo pasas mal, pero no haces el ridículo. El ridículo lo haces cuando te apuntas a yoga, y en el curso de una relajación te quedas completamente dormido.

En unos sitios se nota más que en otros que eres nuevo. Por ejemplo:

En una playa nudista, se nota que eres nuevo.

Cuando eres peluquero, se nota que eres nuevo.

Cuando eres cirujano, se nota que eres nuevo.

Cuando eres pintor de líneas de carretera, se nota que eres nuevo.

Cuando eres dentista, se nota, vamos cómo se nota.

Y, sobre todo, si estás bueno o buena, se nota que eres nuevo...

¡Qué recuerdos más gratos irrumpen ahora en mi memoria!

Si estás bueno o buena, cuando llegas a un nuevo trabajo ya tienes a un enemigo: el tío bueno con solera, de toda la vida, que se mosquea porque pierde terreno.

¿Por cierto, qué pasa cuando vas a vivir a un barrio nuevo ?

¿Que el Supremo te mete en la cárcel?

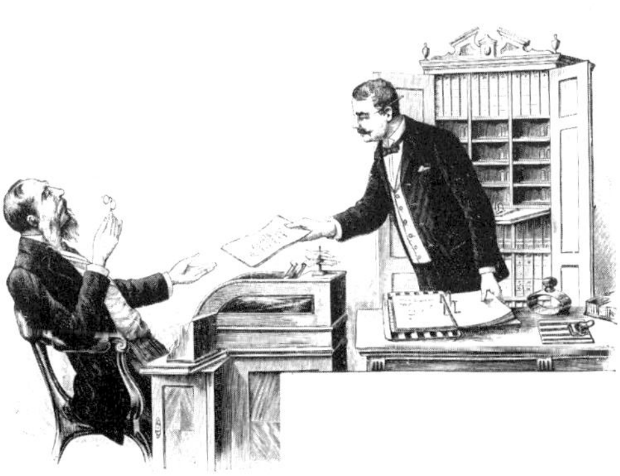

¿QUÉ PASA CUANDO NOS ENAMORAMOS?

¿Por qué no hay baja laboral por enamoramiento ? ¿Acaso no hay baja por depresión ? ¿No hay baja por estrés ? ¿Se sabe de alguien que pueda trabajar cuando está enamorado ? Si tú vas al médico y le enseñas un folio en el que has escrito cien veces: «Silvia», «Silvia», «Silvia», ¿no ha de darte la baja ?

Solicito desde aquí a los agentes sociales que en el próximo convenio se contemple la baja por enamoramiento.

Mi pregunta es: ***«¿Qué tonterías hacemos cuando nos enamoramos?»***

El teléfono se convierte en el centro de nuestra vida. Lo descuelgas cada cinco minutos para comprobar que hay línea, y si te vas a comprar tabaco lo dejas descolgado, no vaya a pensar que no estás. Cuando te llaman te da un vuelco el corazón, y si no es ella contestas con monosílabos y con un tonillo peculiar, alargando la última sílaba, que significa que quieres cortar: «Nooo, sííí, valeee, vengaaa...»

Se dicen tonterías por teléfono. «¿Qué haces?», «Nada», «Mándame uno», «Ahora no puedo», «Cuelga tú», «No, cuelga tú», «Tú primero», «No, tú», «Contamos tres y colgamos a la vez». Si cuelga ella antes te quedas fatal y piensas que tú la quieres más que ella a ti..

Cuando estás en fase de enamoramiento da lo mismo que estés viendo una película de romanos, jugando una partida de dominó, leyendo el Pentateuco... En cualquier caso no te enteras de nada.

Sin duda una de las razones por las que estás idiota es que por las noches haces el mochuelo. No puedes dormir y te quedas mirando como un bobo el reloj digital. «Son las 4:37, estará durmiendo como una princesa», piensas. «Son las 4:49; seguro que seguirá durmiendo como una princesa... Las 5 :02; es la bella durmiente... 5 :23; el reloj digital lleva más mierda que el palo de un gallinero... 6 :35; dentro de media hora la llamo...»

A las siete la llamas y le pones la canción de Stevie Wonder *I just call to say I love you*.... «¿Cómo estás, princesa?»

Cuando estás enamorado te sientes como Gene Kelly en *Cantando bajo la lluvia*. Como no tienes lluvia haces claqué en la tapa de una alcantarilla, saltas las baldosas, tocas las cabezas de los niños, sonríes a la gente en el autobús, pareces tan bobo como un figurante de un anuncio de compresas, de esos que dicen: «Tengo la regla, pero no me importa...»

¿Qué tonterías hacemos cuando estamos enamorados?

Cuando quedamos con ella nos lavamos los dientes siete veces, y en el quiosco nos compramos 56 chicles de clorofila super fresh. En los ojos nos ponemos Visprin.

Todo cambia cuando estás enamorado. Tu escala de valores varía radicalmente. Por ejemplo, el domingo te vas a comer con ella y la sobremesa se prolonga. Se hacen las seis, las manitas cogidas, y cuando puedes vas al servicio y le preguntas en secreto al camarero: «Eh, ¿cómo va el Valencia, tío?»

Cuando volvemos en el coche evidentemente no pondremos el Radio Estadio... Sólo adagios de Albinoni o baladas de siempre, tres compacts anunciados en televisión...

En el coche te das cuenta cómo ha cambiado tu vida porque por primera vez, en lugar de desear que los semáforos se pongan en verde, quieres que cambien al rojo para darle un beso. Tampoco te importa que te piten cuando se pone verde, porque le haces una sonrisita cómplice y pones la primera.

Cuando estás muy enamorado, cualquier bolero, tango, habanera, siempre habla de nosotros. Y las canciones italianas te trastornan: «Y ahora desnúdate, como ya sabes tú...»

Cuando la dejas en casa y vuelves en el coche te creces con esas canciones: «Te amo, ññññññ, Te amo, te amo». Llega un momento en que estiras tanto el cuello que no ves la carretera, y se te saltan las lágrimas...

Cuando estás en esta fase cobran importancia las cosas más absurdas : «Te llevo tres 'te quiero' de ventaja». «Pero yo te he dicho un 'te amo', que vale más».

«Has vuelto la cara cuando iba a darte otro beso.»

Y te vuelves muy fino. Practicas mucho el conocido deporte de aguantarte un pedo. Pedos ni uno. Ni en el cuarto de baño, ni en la cama, ni en ningún sitio. Y en cuanto bajas a la calle, y te diriges al coche, ¡brrrr!, vas a propulsión.

Todo lo que hace es perfecto. Ella misma es perfecta. Vamos al cine. ¿Que quiere ver una reposición de *El desierto rojo* de Antonioni? Ostia, qué tía más de puta madre, qué selecta es. ¿Que quiere ir a ver *Camelot* ? Joé, qué sensible. ¿Que quiere ir a ver la última de Chuck Norris? Qué tía, es genial, no se corta. Reconoce lo que le gusta y ya está.

Te grabas una cinta de noventa minutos completa, a base de repetir hasta la saciedad vuestra canción. Te sientas a escribir un poema que te queda como un churro. Te cambias la raya del pelo porque te ha dicho que le gusta más... Ya te ves con cuarenta o cincuenta años haciendo las mismas tonterías que cuando tenías quince. Sustituyes las letras de su nombre por el orden que ocupan en el abecedario. Adela, por ejemplo, sería 145 12 1.

¿QUÉ PASA EN LAS PRESENTACIONES CON PINCHO DE TORTILLA Y COPITA DE VINO ESPAÑOL?

Lo primero que pasa es que la tortilla está zapatera, y el vino español es de padre desconocido. Por eso lo llevan envuelto en una servilleta, por eso y porque no importa, porque como en las presentaciones no se sabe de qué hablar, siempre hay uno que dice: «Muy bueno el vino», y los demás asienten:»¡Sí, sííí!».

Si hay tortilla es porque se trata de una presentación de campanillas, porque lo normal es que tengas que contentarte con un «vino de honor», y hala...

Las presentaciones suelen ser de libros, de discos, de exposiciones, de programas de radio, de inauguraciones de una tienda Está claro que la gente va a comer y a que los vean, no a oír discursos. Las inauguraciones deberían consistir sólo en sacar directamente las bandejas de canapés, y a la marcha. Pero el que paga los canapés siempre quiere decir algo. Hay veces que te asustas, porque empieza a hablar uno y al lado hay ocho o nueve esperando su turno, con un papel en la mano... Ahora que los peores son los que no llevan folio. La gente se confía pensando en que acabarán en seguida, pero se agarran al atril con las dos manos y se enredan, y no saben cómo terminar... Lo mejor es ayudarles con un fervoroso aplauso cuando paran para tomar aire.

Si el tío del discurso empieza diciendo: «Presidente, alcalde, autoridades y público en general», es que va a ser un rollo de aúpa.

Hay personas que acuden porque son amigos del artista, o del que presenta el libro. Son los enterados, que se mueven con mucha libertad, como si fuesen ellos los organizadores. También están los familiares del que ha escrito el libro, que son los que más atienden los discursos.

Y luego están los invitados, que van de guapo subido por si está la prensa.

En las presentaciones hay que ponerse corbatas extrañas o pajaritas de colores, o ropa transparente, o un peinado que parezca que llevas una yogurtera en la cabeza, para que todo el mundo hable de ello... La gente hablará, pero mal. «¿A ésa qué le pasa, le ha atropellado un camión o qué?

Y es que los saraos son un campo abonado para la maldad. Después de un saludo del tipo: «¡Hola, qué tal, soy tu fan número uno!», te das la vuelta y pones a parir a quien sea... «Mírala, es muy fina. Cuando nació tenía un lacito en el cordón umbilical». O: «Fíjate en esa. Va tan estirada que si dobla los dedos de los pies se le cierran los párpados». Y si es alguien a quien odias mucho: «Tiene más cuernos que el papá de Bambi».

Lo peor que puede pasar es que aparezcan dos personas con el mismo modelo. Si sobreviven a la humillación, a partir de ese momento se odiarán toda la vida.

Si los discursos son muy largos, la gente pierde el decoro, y cuando salen las bandejas se siente con derecho a asaltarlas como si fuesen diligencias del oeste. En esas ocasiones los camareros abandonan y huyen como si fueran los Backstreet Boys. Los camareros deberían saber artes marciales para mantener a la gente a raya.

Los profesionales del asalto lo primero que hacen es aprender por dónde salen las bandejas y colocarse estratégicamente en la puerta para probarlas todas. Y, en cuanto salen, ¡patatán ! Algunos canapés están tan brillantes que parecen recién chupaditos.

Entonces te encuentras con un canapé de algo en la mano. Es una sustancia marrón y puede ser cualquier cosa. ¿Qué haces con ese canapé? ¿Te lo comes? ¿Y si es caballa, con el asco que te da? ¿Y si es un tapón del vino?

Para dentro y a callar. Es corcho, eso no es malo... A veces no se nota la diferencia con las croquetas.

También te puede pasar, si el camarero es muy borde, que metas la mano para coger el canapé, que él sea más rápido y que te quedes con la mano colgando... Entonces lo mejor es hacer como que saludas.

Una pregunta que a todos nos ha asaltado alguna vez es: ¿De qué está hecho el caviar de los canapés de las presentaciones? ¿No serán hormigas congeladas?

También hay camareros que tienden a pasar la bandeja muy alta, para que los canapés duren más rato.

La gente hace corrillos, y si no conoces a nadie puedes encontrarte solo, con un canapé de caballa en la mano que no te quieres comer.

Te pones a mirar al vacío con cara de interesante y sonríes como si estuvieras mejor que nadie, cuando la verdad es que quieres desaparecer. ¡Ojalá cayese la piedra de Armagedon o algo parecido!

Te vas al water para disimular que estás solo y te preguntas en silencio: «¿Aguanto o me voy a casa?».

Decides quedarte. Entonces te dedicas a mirar los cuadros, y el pintor te pilla por banda y te explica toda la exposición cuadro por cuadro.

También puede suceder que se te acerque alguien y te diga: «¿Qué tal ?». No sabes quién es, pero le dejas hablar para ver si te da una pista de quién pueda ser... Aquí la pregunta clave es: «¿Cómo va lo tuyo ?».

Suele ocurrir que conoces a muchos de vista o de cruzar un saludo y te toca presentarlos: «Aquí, un amigo».

Uno ha de tener frases preparadas para quedar bien en estos casos. Cuando a uno le presentan a otro pringao y os dejan solos, lo mejor es criticar las bebidas y los canapés.

A veces sucede que llegas a un corrillo, y no sabes de qué están hablando pero te ríes... Algunos hombres nos reímos con los ojos abiertos, intentando vislumbrar algún escote...

¿CUÁNDO PAGAN JUSTOS POR PECADORES?

Esta pregunta viene a cuento de que un cura de Orense se niega a bautizar a una niña, porque la madrina vive con un hombre sin casarse, o sea amancebada.

Al fin y al cabo, el que quiere entrar en un club tiene que atenerse a las normas.

Pero, ¿qué culpa tiene la criatura?

Aunque más vale que se vaya acostumbrando ya de pequeña a que en esta vida casi siempre pagan justos por pecadores.

Y ahí voy... ***¿Cuándo pagan justos por pecadores?***

Cuando Pedro Picapiedra miente a Vilma para ir a jugar a los bolos con su bola de boliche, Betty se enfada también con Pablo Mármol, aunque el pobre «Cuchicuchi» no tiene la culpa.

Cuando el abuelo Serapio se muere un mes antes de que nazca su nieto, al chiquillo le toca cargar toda la vida con el nombre del abuelo: Serapio, Sera, Serapín...

Cuando el jefe es gordo y suda mucho, pone el aire acondicionado a tope y todo el mundo se queda afónico. Pagan justos por pecadores...

Cuando la vecina del primero asa sardinas, pagan justos por pecadores... No digo nada cuando hierve coliflor... Yo creo que eso lo debería prohibir la Constitución.

Cuando uno se tiraba un pedito en clase y el profe decía: «No salimos al recreo hasta que salga el culpable», y nos castigaba a copiar cien veces la frase: «No me tiraré pedos en clase», ¿qué valores estaba fomentando? La delación, el chivatazo.

Cuando en la aduana pillan a alguien con unas botellas de whisky, puedes echarte a temblar, que a partir de ahí registran a todos.

La humanidad ha pagado la poca fuerza de voluntad de Adán y Eva. Si ellos no hubiesen pecado, ahora viviríamos en el paraíso, sin conciencia y en la gloria, como los conejos.

Cuando la madre se enfada con el padre y sentencia: «Me voy a la cama, haceos vosotros la cena», y se va, pagan justos por pecadores.

Cuando el pobre príncipe y la pobre Cenicienta tienen que suspender el rollete porque la inepta del hada madrina había urdido un hechizo con hora de caducidad, que duraba sólo hasta las doce de la noche, pagan justos por pecadores.

Cuando el equipo está sin ganas y pierde, toda la afición se deprime. Aquí sí que pagan justos por pecadores.

Sobre todo «justas por pecadoras». Las mujeres de los aficionados deprimidos son las que siempre pagan el pato.

Pagan justos por pecadores cuando uno de los hermanos se deja la casa desastrada, y el paquete le cae al primero que llega.

Cuando hay un guarro con un perro en la escalera, todos los que tienen perro en la escalera son calificados de guarros.

Cuando el conductor de un autobús está de mala leche, las abuelas van de punta a punta del autobús. Eso sí que es un deporte de riesgo, ríete del puenting y del rafting. Se llama el abueling.

Cuando todo el vecindario está en la cama y se dispara la alarma particularmente sensible del coche de un vecino, pagan justos por pecadores y todos se acuerdan del dueño del coche.

Si la alarma es de una tienda, siempre se oye a un vecino decir: «Será el calor». Mientras, los ladrones pueden seguir robando tranquilamente.

Pagan justos por pecadores cuando la vecina de enfrente se entera de que tu vecino se ha comprado un telescopio, y deja de cambiarse delante de la ventana. Aquí sí que pagan justos por pecadores. Tú mirabas sin malicia, sin premeditación. Lo que pillabas, pillabas... A ése sí que habría que llevarle ante el gran jurado.

¿Qué cosas pasan cuando estamos a punto de coger las vacaciones?

Se llaman días basura porque ya nadie trabaja, y vas escaqueándote cuanto puedes para no hacer nada, no porque seas un vago, sino porque no puedes soportar no estar ya de vacaciones. Te sientes como un preso en los últimos días de condena y vas haciendo crucecitas en el calendario...

Cuando alguien te pregunta: «¿Qué tal ?», la contestación es: «Bgggg... Tengo unas ganas de coger las vacaciones... Los días parecen estirarse como un chicle». Es una semana de sufrimiento y locura. O como diría Constantino Romero, de «valor y coraje».

¿Qué cosas hacemos cuando estamos a punto de coger las vacaciones?

Ná, no tienes ganas de hacer *ná de ná*. El cuerpo está con hormigueo. No haces nada, pero estás *reventao*.

Son días de transición. No estás en un sitio ni en otro... Te escaqueas del trabajo, tienes que ir a bancos, a hacerte el seguro médico, las vacunas, a la agencia de viajes... La gente ya anda buscando estrategias para no ir el día 31 a trabajar.

Te dedicas a hablar por teléfono con todo el mundo. Si te vas a un sitio chulo, como América, necesitas contarlo. Vas en el ascensor y alguien dice: «¡Qué calor hace!», y tú le replicas: «¡Pues yo me voy a América». Pero si te vas a un sitio cagón, no tienes muchas ganas de decirlo. «Nos vamos a un sitio tranquilo, a descansar...», «¿Pero, dónde?». «A un sitio tranquilo, ahí, en eso...». Y no lo dices.

En la oficina la gente se reúne alrededor de la máquina de café y se enreda con cualquier cosa. Cualquier tema es bueno: «¿Has visto la última de Nicolas Cage? ¡Qué bodrio, qué cara de borrego *degollao* que lleva todo el rato...»

El jefe también está *enjugascao*. Va sin corbata, con un polo, y se ha puesto a régimen, porque al quitarse la corbata se ha dado cuenta de que tiene tripa. Todo esto te lo cuenta sentado encima de tu mesa, y de repente te dice: «¡Qué malo estoy, me voy a mi casa!».

Pero atención, porque los días antes de irse de vacaciones son muy peligrosos, y la niña se puede romper un brazo...

Y te entra el síndrome del trapecista... Eso sí que es malo. ¿Lo conocéis? Sientes que te lanzas en un trapecio, te sueltas, empiezas a dar volteretas a cámara lenta, y cuando llegas al sitio donde el otro tiene que recogerte no hay nadie, qué faena, cuando más lo necesitabas, y te vas cayendo a cámara lenta dando volteretas con cara de imbécil...

Lo que significa que te quedas sólo ante el peligro cuando más necesitas a los demás.

El síndrome del trapecista se apodera de ti por ejemplo cuando te quedas con el cambio de marchas en la mano, y vas al taller y te dicen la frase más repetida de la semana: «Esto, hasta después de vacaciones, nada, porque tienen que traer la pieza de Alemania. «¿Pero estos coches no los hacen en Almusafes?». «Sí, pero esta pieza no».

Como vas con la caraja veraniega, se te mezcla una neurona de Bartolín y te empeñas en ponerle un número nuevo a la tarjeta de crédito. La tarjeta se autosecuestra, el cajero se la traga, ¡horror!, y cuando vas al banco te dicen que la tarjeta ha sido destruida. «¿Oiga... y cuándo me llegará la otra ?». «Esto... Hasta después de vacaciones, nada». Es el síndrome del trapecista.

También sientes el síndrome ante los amigos que te deben dinero. «No, esto hasta después de vacaciones, nada».

Pero cuando más sientes el síndrome de trapecista es cuando rompes con tu pareja tres días antes de irte... Ahí sí que te han dejado solo, en pleno síndrome, con mortal y medio y tirabuzón...

¿Dónde vas tú solo al hotel? ¿A bailar por la noche con un huevo en la frente, con los jubilados, y a explotar globos en las sillas, que siempre hay un anciano que del susto se cae y se rompe la cadera? Tus amigos ya han hecho todos planes... Aquí ya eres Pinito del Oro.

Pero, como en el circo, hay un «más difícil todavía», y es cuando te agarra el jefe y te dice: «Nano, ha surgido un imponderable. Te tienes que quedar, por lo menos hasta septiembre.»

No pensemos en eso. Vamos a ser optimistas y a preparar unas buenas vacaciones. ¡Hala, al hiper, porque nos entra el síndrome de Cousteau. Compramos unas aletas, unas gafas de bucear y un tubete, y en realidad a quien nos parecemos es a Curro. ¡Jejeje!

También te entra el síndrome Plantavit. ¿Quién regará mis plantas, quién? Le dejas las llaves a un *pringaíllo* que no se va y sólo te las riega el último día, para hacer como que te las ha estado regando, y las encharca...

Una de las cosas que pasa más a menudo cuando estás a punto de coger las vacaciones es que te entra el síndrome del reptil.

Te quedas en babia mirando en los bares las máquinas de granizado de café. Vas siguiendo la espátula cómo da vueltas, y te crees que ya estás en el yate viendo la hélice...

Estás blanco como la cal y empieza a llegar la primera remesa de morenos, por lo que sales al balcón para tomar un poco el sol, pero sólo aguantas cinco minutos...

En fin, entre los muchos síndromes de estos días prevacacionales está el del ansioso, que hace la maleta una semana antes y cada día vuelve a deshacerla porque no está seguro de si ha metido su camiseta de rayas.

Y el síndrome de Petete, que es el que se compra un libro bien gordo para que no le falte, y le dure todas las vacaciones...

¿CÓMO NOS SUGESTIONAMOS?

Atención, porque los implantes de silicona al estilo de Pamela Anderson van a pasar a la historia.

¡La manía de siliconar se va a acabar!

Eso es lo que dice Maikel, el director de un centro de Florida en el que agrandan los pechos mediante la hipnosis.

Así como en los dibujos animados, cuando hipnotizan a alguien se le forman dos espirales en los ojos, aquí en cada sesión, que cuesta mil dólares -unas ciento ochenta mil pesetas- las mujeres afirman sentir cómo sus pechos aumentan progresivamente.

Creo que Maikel ya tiene cola en la puerta, pero de hombres.

La verdad es que no sabemos si los pechos crecen por sugestión, o si las duerme y con un desatascador empieza a estirarles las prominencias.

¿Cómo nos sugestionamos?

Con cualquier cosa.

Por ejemplo :

Ahora os pica algo en el cuerpo. Notadlo, a toda España le pica algo en este momento, hasta a Jesús Gil le pica algo en este momento... ¿Ya lo estáis notando? ¿Veis qué facil?

Pensad qué parte del cuerpo era.

No os picaba, habéis sido víctimas de una sugestión.

Supon que alguien te dice: «Prueba esta leche, ¿no le notas un sabor raro?»

Todo el mundo se va pasando el vaso y probando la leche. «Pues no sé...»

No le notas nada raro, pero no te sabe como siempre.

Ese paquete de leche va a la basura.

Eso es sugestión.

Estás tomando un vino carísimo, un reserva sacado de la bodega de Walt Disney, y hay uno que hace una mueca y te pregunta: «¿No está *picao*?». Hala, en un momento se jodió el invento.

Eso es sugestión.

¿Y cuando estás enamorado ? Has quedado con ella y no aparece. Eso es que se le han pinchado dos ruedas del coche.

O es que ha desaparecido en las rebajas del Corte Inglés, por obra y magia de David Copperfield...

La cuestión es que te sugestionas.

Hablando de rebajas, nos sugestionamos pensando que un jersey no llega a las doce mil pelas porque sólo vale 11.999.

Voy a pillarlo antes de que lo pille Claudia Schiffer.

A Rocky lo sugestionaban diciéndole: «No hay dolor, no hay dolor...». Y le pusieron la cara como un avispero...

Si alguien dice: «Snf, snf, huele raro», empiezas a olfatearte tú mismo. Haces como Rocky, «¿Soy yo, soy yo?», y terminas poniéndole el sobaco en la cara al compañero de más confianza. Cuando apartas el brazo, el que está hipnotizado es él, con los ojos haciendo chiribitas.

Estás tan sugestionado que cuando te dice que no eres tú no te lo crees, y hasta que no te dice que hueles un poco, pero que no molesta, no paras. Entonces te quedas tranquilo.

Alguien dice: «Tengo un vacío en los riñones...». No te duelen, pero... Te los empiezas a notar y hasta que no te duelen no te sientes satisfecho.

Los humanos somos presas fáciles de la sugestión. Compramos un revitalizante para las plantas, y al día siguiente ya las vemos más altas. «Mira qué hojas más bonitas y más verdes.»

Ponemos el gato a régimen porque el otro día lo confundieron con una boa constrictor, y a los quince días el gato pesa lo mismo, pero a ti te parece un liebre... «¡Qué gato más gordo!». «No está gordo, está a régimen.»

Vas a ver una película y no te gusta. Luego ves que las críticas la ponen muy bien, y que a tus amigos sesudos les encantó... Y dices: «Noooo, si la película era buena, aunque algo aburrida... ¿Que dicen que me dormí y roncaba? No exactamente, estaba en Alfa cantando un mantra. Os la aconsejo, le han puesto un seis en la guía Tulicrem.»

Uno se sugestiona mucho en los conciertos. Aunque vayas sin ganas, acabas pegando botes... ¡Y pides otra ! ¡Eeeeeeoooooo, eeeeeeooooo!

¿Cómo nos sugestionamos?

Cuando no podemos hacer pis nos sugestionamos abriendo el grifo, aunque dicen que lo mejor es meter el pulgar en un vaso de agua.

Hoy lo probará más de uno.

«Tú no has probado las croquetas de mi tía. Son las mejores de España, espera a probarlas, ya verás qué croquetas...». Cuando las pruebas, aunque sepan a harina te parecen exquisitas. «¡No parecen croquetas!»

Los prospectos de los medicamentos sugestionan mucho. Si lees: «Ocasionalmente puede causar somnolencia», y te tomas el sobre y te vas derecho a la cama, no te da tiempo ni de taparte.

El cine es una de las cosas que más sugestionan. Si la peli es de karate salen todos los chiquillos dando patadas...

Si es de amor, las parejas salen dándose besos.

Si la peli es de terror, al volver a casa miras debajo de las camas.

«Estoy incubando algo». Esta frase es demoledora. Se empieza tonteando con la frase: «Parece que estoy incubando algo», y se acaban colapsando las urgencias.

Somos hipnotizadores en potencia. Si te encuentras guapo ante el espejo luego pasa que ligas más, que miras de otra forma...

Cuando llevas una mancha crees que todos te están mirando.

En cada librería hay una sección que se debería llamar Sugestiolandia, con títulos como «Usted puede sanar su cuerpo», «Como influir en sus amigos», o «Como convertirse en torero en dos días».

El personaje más sugestivo o sugerente, que de ambos modos puede decirse, es José María Aznar, porque todo el país depende de su-gestión.

¿CUÁL ES EL ÚLTIMO DESPISTE QUE HE TENIDO?

Ser despistado es un signo de inteligencia. Es un hecho innegable de la naturaleza que todos los genios tienen la cabeza llena de pájaros fritos. Mi pregunta es... ***¿Cuál es el último despiste que ha tenido?***

A veces nos despistamos porque nos están contando algo que nos importa un pito. Te pones a pensar en la mona de pascua, y de repente te preguntan algo y tú dices que sí. «¿Te quieres acostar conmigo?», te preguntan, por ejemplo, y has dicho que sí sin darte cuenta. También se utiliza mucho la palabra «claro» «¿Cuántos años tenía Rosa?», te preguntan, y tú distraídamente replicas: «¡Claro!».

El despistado va de alegría en alegría. Un mechero no le dura más de media hora. Lo mismo lo pierde que le aparecen en el bolsillo tres que se ha metido sin mala intención. ¿Y cuando cada vez que entras en la cocina le echas a la comida otro puñado de sal? ¿Y cuando haces la compra aprovechando un rato libre en el trabajo y luego te dejas el pescado en la oficina todo el fin de semana? ¿Y cuando te dejas una bolsa en el super, y llegas a casa con la de otra persona, que sólo había comprado tomates?»

Despiste es cuando mezclas la ropa blanca con la de color y llevas durante un año entero los calzoncillos de color lila.

Cuando te quitas las lentillas por la noche, y como no tienes cerca el estuche las envuelves en un papelito. Al día siguiente te levantas, agarras el papel y lo arrojas al water, y te das cuenta en el preciso momento en que tiras de la cadena.

Hay un despiste con muy mala leche: cuando te vas de puente y dejas el despertador puesto, con lo que fastidias a los vecinos durante todo el tiempo que duren las pilas. O cuando aparcas el coche en doble fila sin dejar el punto muerto, y oyes un claxon pitar durante media hora, mientras estás pensando: «¡A ver si se calla ya!», hasta que caes en la cuenta de que es tu coche, y te decides a aguantar el chaparrón.

En esta misma línea está el acto de olvidarse el cazo de la leche al fuego. Te vas a hablar por teléfono y en la cocina se produce un desastre.

Algo parecido le sucede al que da un portazo y cuando está a dos kilómetros se pregunta: «¿Habré desenchufado la plancha?». Hasta que no vuelves no se te va el susto.

O cuando se te olvida sacar al perro y el pobrecito ladra desesperado, mientras le dices: «¿Qué te pasa? ¡Qué pesadito estás esta noche!»

El cerebro de los despistados es más creativo. Por eso pueden hacer cosas como vaciar el cubo del agua en el cubo de la basura y no en la taza del water.

Una cosa que es de agradecer, por parte de las mujeres despistadas, es que a veces se desnudan con la persiana subida...

Está el despistado peligroso, que va a un autoservicio de gasolinera y se deja el grifo puesto, de modo que cuando sale con el coche arranca el surtidor.

También está la que se pone un pinza para recogerse las greñas y sale con ella a la calle, o con el jersey al revés, o con un zapato de cada modelo. Son despistes de personas inteligentes.

Los despistados pueden llegar una hora antes a los sitios, o una hora después. Cuando llegas tarde a una boda, los novios están de espaldas, y como no conoces a los invitados te tragas la misa. Hasta que los novios no se dan la vuelta no descubres que te has equivocado de boda, y como eres tan despistado ignoras dónde es el convite.

A veces no sabes dónde has dejado el coche en el parking de un gran almacén, si era en la zona naranja o en la verde. Vale, ya has encontrado el coche. Ahora tienes que buscar la tarjeta del parking.

Otras veces confundes la pasta de dientes con el jabón de afeitar, y sólo te das cuenta cuando te has embadurnado toda la cara con pasta de dientes y observas que no sale espuma.

O bien te llevas la bolsa de la basura a la parada del autobús, y tiras la mochila al contenedor.

O llamas con insistencia a una puerta que no es la tuya, hasta que hundes el timbre, y de repente abre la puerta un señor al que no conoces de nada.

¿QUÉ DERECHOS NOS CENSURAMOS?

Hace veinte años que, mediante la Constitución, adquirimos unos derechos a los que a veces no nos acabamos de acostumbrar... Libertad de circulación, libertad de entrar y salir...

Hay un montón de cosas a las que tenemos derecho, pero nos las censuramos. Vemos prohibiciones imaginarias por todas partes.

Por ejemplo:

Vas cantando por la calle, y de pronto te descubres cantando, y enmudeces.

Silbas en el autobús, y de pronto se te ocurre que alguien va a decirte que te calles.

Cuando entras en un restaurante caro, piensas que te van a echar, y que en cuanto te vean entrar van a decir: «¡Pero si lleva la nómina escrita en la frente! ¿Qué espera comer usted aquí con lo que gana? ¿No ha visto la lista de precios en la puerta?»

Y no entras... Te autocensuras...

Luego te da mucha rabia cuando tu cuñada te dice: «Estuvimos en el Chacalín, qué bien comimos, y tampoco es tan caro...»

En fin, que vale, que tenemos una Constitución estupenda pero aún nos falta un poco de camino, a unos más que a otros... Por eso pregunto: ***¿Qué derechos nos censuramos?***

¿Por qué nos sentimos tan incómodos los hombres en la sección de ropa íntima de las mujeres? ¿Acaso no tenemos derecho a ir al departamento de lencería?

Siempre que acompaño a alguna amiga a comprar a esta sección tengo la sensación de que de repente me va a dar un capirotazo algún guardia de seguridad. «Eh, amigo, ¿qué hace usted aquí ? Mirando braguitas, ¿verdad? ¡Fuera, guarrillo! Deje de mirar las transparencias de las chicas de las fotos, so cochino...

Además, las mujeres empiezan a tocar la ropa interior y ensanchan las bragas con las manos a ver si caben... Tengo la sensación de estar mirando por un agujero en un vestuario de mujeres, de que estoy haciendo algo que no debo...

Y me quedo siempre en el pasillo: «Eh, que estoy en el pasillo, de los camisones no paso...»

Algunos hombres tenemos cierta resistencia a ducharnos en una casa que no es la nuestra.

Creo que es por un trauma infantil, de cuando nuestra madre nos gritaba: «¿Cómo es posible que haya más agua fuera que dentro de la ducha? ¿Y todas esas gotas en el espejo? ¿Me puedes decir cómo lo haces, si es que te duchas bailando la macarena? ¿Y esas toallas empapadas que hay en el suelo están ahí porque se han caído o porque te gusta verme trabajar?»

Claro, luego te quedas a dormir en casa de unos amigos y les dices que prefieres no ducharte. «No, no hace falta, estoy bien oliendo a tigre». Allá ellos si creen que eres un guarro.

Como las gasolineras de autoservicio se parecen a las otras, siempre tienes la sensación de que te van a pegar un grito en el momento de coger la manguera. «¿Qué se cree usted que está haciendo? Si quiere tocar una manguera, tóquese la suya.»

Cuando te dan un masaje profesional te convences a ti mismo de que no tienes derecho a demostrar ningún placer, como si para ti fuese lo más normal del mundo que una persona te manosee a tres centímetros de ahí... Aunque te estés muriendo de gusto no sueltas ni un suspiro, estás agarrotado. El masajista te dice: «Relájate». «Pero si estoy relajadíííisimo, en la gloria, estoy en la gloria...» Y si eres un tío ya ni te cuento cómo tu pequeño amigo empieza a aumentar de tamaño, no sé si me explico.

¿Por qué sentimos que no tenemos derecho a entrar a hacer pis en un bar sin consumir y nos tomamos un café sin ganas? ¿Por qué no pensamos en los muchos días en que consumimos sin ir al baño... Pues no, nos cuesta vencer la timidez o lo que sea.

Cuando vas a un restaurante sientes que no tienes derecho a decirle a una cantante, que se te pone a cantar a voz en grito en medio de la cena, que se calle.

Estás cenando y de repente sale Ángela y se pone a cantar Cantinero de Cuba. Y ya no sabes si mirar al lenguado o a Ángela.

Ya no puedes hablar con los de tu mesa porque Ángela no para de decir «que hay un tío que bebe aguardiente para olvidar...», y de pronto tienes que dejar los cubiertos en el plato para aplaudirle a Ángela. Y lo peor es cuando te sonríe y tú tienes la boca llena.

¿Le gustaría a Ángela que mientras ella se lava los dientes me pusiera yo a tocar la flauta? ¡Que se vaya a un karaoke y nos deje cenar en paz, hombre!

Pero para esto de la autocensura ni siquiera es necesario que haya más gente a nuestro alrededor. Incluso cuando estamos solos nos autocensuramos:

Sentimos que no tenemos derecho a hacer nuestras necesidades con la puerta del baño abierta. No hay nadie más en casa, no nos van a ver… Entonces, ¿por qué cerramos la puerta del baño cuando estamos solos ? ¿Nos entra ansiedad cuando dejamos la puerta abierta?

¿QUÉ NOS EMPERRAMOS EN HACER PARA DEMOSTRAR NO SE SABE QUÉ?

Todo esto viene porque el explorador español Kitín Muñoz ha comenzado a construir una nueva balsa de totora, una planta, para los que no lo sepan, que los indígenas utilizan para cubrir sus chozas. Kitín, ese hombre al que todos recordamos porque parece Indiana Jones en pijo, es tan pijo que usa calzoncillos *oseán*, o sea, que aparece siempre con sombrero de safari...

Pues Kitín quiere hacer un segundo intento de cruzar el Pacífico, tras el cachondeo general por su fracaso de hace año y medio, o sea, cuando la balsa de totora que salió desde la isla de Pascua en presencia de los reyes de España se partió en dos como una rosquilleta, o sea, que se hundió.

O sea, que Kitín está emperrado en demostrar que se puede cruzar el Pacífico en una frágil balsa de totora.

Y es por esto que yo me pregunto:

¿Qué nos emperramos en hacer para demostrar no se sabe qué?

Empezamos ya en la tierna infancia queriendo demostrar no sabemos qué. Cuando ponemos la mano encima de un hormiguero, ¿os acordáis?

Se empieza demostrando cuánto tiempo podemos aguantar a las hormigas, y se acaba en una expedición al polo norte en busca del polo magnético. ¡Que me den una explicación razonable para entender por qué hay gente que se va hasta allí para que se le congele el dedo gordo! Luego, cuando se lo cortan, siempre dicen: «Pero ha valido la pena».

Una pregunta sin contestación: ¿Por qué todos los profesores de gimnasia se emperran en que aprendamos a hacer el pino? ¿Para qué? ¿Por qué nos enseñan ofimática, que por lo visto es muy útil? Que me llame alguien que haya ido a buscar un trabajo y a quien le hayan dicho: «Está a punto de conseguirlo, a ver, haga el pino...»

¿Por qué nos emperramos en hacer una fondue cuando hay una reunión de amigos? ¿Será por el o sea ? Con lo que se suda, y lo que cuesta que se haga cada trocito de carne, y el humo que suelta...

¿Qué nos emperramos en hacer para demostrar no sé qué?

Pues cruzar el puerto a nado en enero... ¿Qué se quiere demostrar con eso, que se tiene piel de cachalote?

¿Qué quieren demostrar los que pasan descalzos por encima de las brasas llevando a alguien a borricuchos? ¿Que si se concentran no sienten el dolor? Todo eso es mentira, y seguro que tiene truco.

Si quieren demostrar algo, que pasen arrastrándose y me lo creeré.

Nos emperramos en conseguir a la tía más buena y cuando la tenemos ya no le hacemos caso.

Las madres se emperran en que te acabes todo el plato, aunque revientes, y con pan... Si te pones malo ya te cuidarán ellas...

Los que se emperran en hablar por teléfono aunque no tengan cobertura: «¿Qué, que qué dices?». «No te oigo». «Luego te llamo».

Quienes se emperran en que hable el loro y diga tonterías, como: «¡Guapa!», que el loro repite sin venir a cuento.

¿Y los que se emperran en decir que los tres tenores son un gran espectáculo? Bueno, depende de cómo se mire...

Y están las que se emperran en hacerte un jersey para demostrarte su amor, quede como quede, que normalmente es como una longaniza, largo y apretado, y tienes que ponértelo porque si no se enfadan... «Oye, que para demostrar el amor ya hay otras cosas, como hacer una tortilla de patatas.»

Y aún hay quienes se emperran en que tienen razón, y aunque se la des no se quedan tranquilos y te persiguen para que una y otra vez les digas que estás de acuerdo, que «la tortilla está mejor con cebolla», por ejemplo, y te arrinconan contra la pared y no dejan que te vayas... Y tú, resignado: «Sí, coincido contigo en que con cebolla está más jugosa...»

¿QUÉ COSAS PASAN EN LA OPERACIÓN SALIDA?

Hoy comienza la operación salida, la primera gran avalancha del verano. La primera gran hornada se pondrá en movimiento porque el que puede se muda, se va, se pira. Más de tres millones de coches cargados hasta lo imposible harán el trayecto desde la casa al apartamento, y el traslado, que ya es traumático si el apartamento es propio, se puede convertir en toda una odisea si es alquilado.

¿Qué cosas pasan en la operación salida?

Que se pierde la paciencia, en primer lugar.

El traslado requiere un transvase casi tan importante como el del Tajo-Segura.

Todos los años queremos salir con tiempo para que no nos pille el atasco y hacemos las maletas días antes. Preparamos los bultos, pero al final siempre pasa algo y acabas saliendo en el momento más conflictivo.

Ocurren cosas como que te has olvidado dejarle las llaves a tu madre para que se pase a controlar al gato, y tu madre vive en la otra parte de la ciudad... Buen rollo, empiezan los gritos y las caritas.

Lo peor no es preparar todos los bultos, sino meterlos en el coche. Se llama a un hermano, o al hijo mayor que ya se ha independizado, para que venga a ayudar a bajar bultos.

La madre dirige la operación desde arriba, desde casa.

Los hijos van bajando los bultos, y pasa una cosa curiosa.

El padre comienza a llenar el maletero y la baca, y cuando está todo lleno la mitad de los bultos permanece en la acera.

Empiezan a apretujarlo todo, a la madre le entra la neura, le hace sacar todo al padre, lo organiza y cabe perfectamente.

Y lo que no cabe nos dice que lo llevaremos a los pies: la olla a presión, una sandía...

Porque es costumbre llevarse comida al apartamento.

Y las plantas... Algunas madres se llevan las plantas, y ante la cara de agobio del padre dicen: «Son mis plantas. ¿No querrás que se pasen un mes solas?», Hala, a cargar plantas para abajo...

Al perro hay que llevárselo, y también al canario, que puede ir a los pies al lado de la sandía... Los peces se quedan. Un amigo se encargará de ponerles comida, y cuando vuelvas te los encontrarás flotando tiesos como si hubiesen tomado Viagra, porque el amigo se pasará con el botecito de la comida... Les echará para varios días y morirán del empacho.

Además de todos los bultos y maletas, cada uno lleva un bulto con sus cosas, sus libros, la vídeo consola, la Barbie y su boutique, el Aflex, el parchís, y mogollón de cosas que luego no se utilizan pero de las que no te puedes separar y que tienen que ir contigo.

La madre se lleva la plancha porque la del apartamento no es de vapor, y no mola...

Y una garrafa de agua destilada.

Y el insecticida, y los enchufes con las pastillas anti mosquitos, que en el apartamento te cosen...

Y la sartén donde no se pega la pechuga para el régimen... ¡Todo para el apartamento!

Intentará colar un colchón, por si se presentan visitas en el apartamento.

Si es un apartamento alquilado, la madre dice que hay que llevarse las sábanas porque las que dan te raspan. Y la almohada, claro, porque si no no duermen.

Apartado especial merecen los equipajes náuticos, las gafas, las aletas, colchonetas, la barca o la canoa hinchable, los remos, que no son desmontables, porque el padre quiso ahorrarse unas pesetas...

Y las toallas de la playa, tan grandes ellas...

Las sandalias y las chanclas...

También se carga con la pala y el cubo de la playa, porque la abuela no puede esperarse y ya se lo ha comprado todo al chiquillo. Se colocan los utensilios de playa a los pies, con la sandía.

Hay gente que carga también con garrafas de agua, un agua especial que cogen de determinada fuente los fines de semana, porque tienen piedras en el riñón.

Y la tele portátil.

Cuando todo el mundo está instalado en el coche, la madre se acuerda de que se ha dejado la basura sin bajar... «Claro, como todo me toca a mí...».

Cuando baja con la basura lleva también una bicicleta. «Es que luego no hay quien aguante al niño», comenta, y añade que ya la llevará a los pies.

Ya podemos empezar el viaje. Música no hace falta, porque con el ajetreo de la sandía, la bicicleta, el cubo y el hámster vomitando

-que nos lo hemos traído sin que nadie se entere- aquello parece «Tubular Bells».

A partir de aquí todos los años se repiten las mismas frases:

«Ya te dije que teníamos que salir antes.»

«Por tu culpa hemos pillado el atasco.»

«Si el niño se mea que reviente.»

«Me voy a comer al hámster.»

«¿Ya hemos llegado?»

«Creo que la sandía ha aplastado al periquito.»

¿QUÉ REACCIONES ESTÚPIDAS TENEMOS ANTE EL MIEDO?

El otro día me contaba un amigo que fue a un safari de esos en los que vas en coche y pasas cerca de los animales para verlos en su hábitat natural, cuando de repente un elefante enorme se dirigió hacia ellos. Salieron todos corriendo y se metieron en el coche, y acto seguido cerraron el seguro para que el elefante no pudiese entrar... Ya se sabe, un elefante de doce toneladas se acerca a tu coche, se asoma y si ve el pestillo dice: «Me cago en diez», y se va...

¿Reacciones estúpidas debidas al miedo? Taparnos con la sábana, por ejemplo. Porque, vamos a ver, ¿qué tipo de protección da la sábana? ¿Es antibalas? Entonces, ¿por qué cuando vemos una sombra en la habitación nos apresuramos a meter la cabeza debajo?

Pero si con la sábana nos sentimos protegidos, con el edredón nos sentimos como en un refugio antinuclear, y que no se salga ningún pie.

¿Por qué cuando tenemos miedo miramos debajo de la cama? El día en que nos encontremos a alguien se va a liar una gorda.

También miramos dentro del armario. ¿Pero quién se va a querer meter dentro del armario si ya no cabe ni un jersey más?

Cuando tenemos miedo en el cine, la reacción es muy estúpida. Nos cubrimos la cara con las manos, pero dejamos un hueco para ver por entre los dedos, por si acaso.

Hay quienes del pánico suben las piernas a la butaca y se encogen como un escarabajo pelotero.

Lo peor es la paliza que le damos al de al lado. Lo pellizcas, le hincas las uñas, le mueles el brazo...

Si tienes una chica al lado es ella la que te da la paliza, porque tú aguantas como un jabato, aunque sólo sea para impresionarla.

Y vas y te diriges a la protagonista, en la pantalla: «No vayas, idiota, que te va a salir la madre de *Psicosis*. Quédate con los demás»

Vamos en un coche y de repente el conductor empieza a correr como si fuera Fangio. ¿Qué hacemos? Lo normal, protegernos... Nos aferramos a la asita de plástico que hay arriba de la puerta y nos sentimos más seguros, porque si se estampa el coche nos quedamos cogidos al asa. Ya puede venir un tren, si quiere...

En esta situación algunas señoras se agarran a su propio bolso y se lo ponen delante, como un escudo, o como si fuera un airbag. ¿Y cuando vas con la bicicleta bajando una cuesta, y aquello se embala? Quitas los pies de los pedales, muy bien, muy inteligente... Ahora los pedales giran cada vez más rápidos. Descontrolado, sueltas también el manillar... Te crees que eres el niño de E.T. y que vas a volar... Pero no vuelas, sino que te caes y te haces polvo una rodilla.

¿Qué reacciones estúpidas tenemos ante el miedo?

Te van a poner una inyección. ¿Qué haces? Pones el culo tan duro que la aguja rebota.

Otra reacción cuando tenemos miedo ante el médico es hablar mucho. «Sí, pues mire doctor, este grano que parece una gominola lo tengo desde los dos años. Precisamente en aquella época mi hermano tuvo asma y me lo pegó.»

Oyes un ruido raro en casa y entonces sale el héroe que llevas dentro. Vas en calzoncillos y descalzo pero no puedes evitar ir a ver qué pasa, y cantas. Cuanto más alto cantas, más miedo te da.

Reacciones estúpidas ante el miedo. Llega un sobre con la factura del teléfono, pero no lo abres: «Ojos que no ven, óptica Senent».

¿Y cuando te da miedo salir de un cruce sin visibilidad, qué haces? ¡Lo mismo que todo el mundo!: Tocas el pito, y si venían coches desaparecen en ese momento, o tú crees que desaparecen, y te lanzas. Yo recomiendo pitar dos veces, más que nada por si hay algún tractor que no se disuelve a la primera...

Cuando iban a darnos un palmetazo en el cole, apretábamos los ojos, porque dolía menos...

A veces, cuando tenemos mucho miedo parece que estamos muy contentos. Por ejemplo, antes de subir al Dragon Kan, damos saltitos...

Por cierto que hay gente que tiene miedo a las tormentas y se mete en la cama, como si eso fuera a cambiar el tiempo. No pueden esperar a que escampe en un sillón.

Insomnio

El autor hispano peruano Alfredo Bryce Echenique ha ganado el Premio Nacional de Narrativa con su novela *Reo de nocturnidad*, que trata sobre el insomnio. El escritor comentaba que hay mucha gente en las grandes ciudades que padece insomnio y que él mismo lo sufrió durante años. Dice que esta enfermedad «resulta atractiva porque puedes hacer de todo, y termina convirtiéndose en un vicio, pero también es la más cruel de las enfermedades.»

Bryce Echenique comenzó a padecer insomnio en Francia cuando ocupaba una cátedra de literatura en Montpellier, e incluso tuvo que recibir tratamiento. Pero se le pasó cuando se vino a vivir a España, cuando decidió, como dice él, «dejar la cómoda cátedra y vivir de sus libros». O sea, que consiguió dormir cuando cambió un sueldo seguro por la azarosa aventura de escribir.

¿Qué hacemos cuando no podemos dormir ?

Apretar los ojos. Cuando tenemos insomnio no abrimos los ojos por miedo a despertarnos más. En este estado de idiotez te divides entre «Tú» y «Ti». Tú quiere engañar a Ti. Estás despierto, pero finges que duermes.

Tú empiezas a imaginar cosas como que eres un héroe que salva a una chica y te reciben en el barrio con aplausos, mientras que Ti te recuerda lo que tienes que hacer al día siguiente, y te vas poniendo nervioso... Ti va ganando la batalla sobre Tú... Y de pronto abres los ojos y miras al techo.

Afrontémoslo, estás despierto. Primero estás un rato dando vueltas en la cama porque no pierdes la esperanza de poder dormirte, y empiezas a hacer cosas:

Te rascas el cuerpo, costumbre procedente de tiempos inmemoriales, que ya practicaban los hombres prehistóricos. Te rascas fuerte para ver si «alguien» advierte que no puedes dormir.

Damos vueltas en la cama, para ver si ese «alguien» se da cuenta de que no puedes dormir, pobrecito de ti. El otro u otra está roncando, y tú con los ojos como platos.

Entonces se hace la clásica pregunta con codazo incluido: «¿Estás despierta?»

«Pues no.»

«No puedo dormir.»

«Pues toma una pastilla.»

«Ya me la he tomado.»
«Pues cuenta ovejas.»
«Ya he contado cuatrocientas, y me ponen más nervioso.»
Y es que hay una gran mentira sobre el método de contar ovejas, y sino que llame alguien que se haya dormido de verdad contando ovejas. Se te ponen a balar, se descarrilan, no saltan la valla. Hay veces que la misma oveja salta dos veces...
Yo tengo un sistema infalible para dormirme. Si das mil vueltas en la cama caes como un tronco. Anestesia pura... Hay veces que no llegas ni a las ochocientas. Si se despierta el otro, que dé otras mil vueltas, Twister... Marea un poco, pero siempre puedes dar quinientas hacia un lado y quinientas hacia el otro.
¿Qué hacemos cuando no podemos dormir ?
Hay un momento decisivo en el que te dices a ti mismo, «¿Qué hago, me pongo a hacer la torre Eiffel con palillos o me masturbo? Sucede que no tengo bastantes palillos.»
Claro que conozco a algunas que acaban limpiando los armarios de la cocina, porque les entra cargo de conciencia de perder el tiempo. ¡Hay gente para todo!
Desesperado, te acuerdas de todos los consejos que has leído en las revistas para mujeres: uno es el de relajarse desde la punta del pie hasta la coronilla, tumbado en la cama, y decirle al dedo gordo del pie izquierdo: «Dedo gordo, relájate. Pie, relájate. Pierna izquierda relajada...», y acabas cantando la canción de Manhattan Transfer «cabeza, boca, beibi, guan, chu, zri, cabeza, boca o pie, codo, guan, chu, zri» Y además nunca resulta, porque cuando vas soltando los esfínteres vuelves a tener el pie más tenso que un arco.
También has leído que te entra sueño si te masajeas el cuero cabelludo ante el espejo, y allá que te vas... Y cuando te miras te das cuenta de que, «si bonita es la mirada de una persona con sueño, más bonita si cabe es la mirada de un insomne, con los pelos de punta, de mal humor, y los calvos con esas dos alas que se les forman a los lados de la cabeza.»
Y te dices: «¿De verdad voy a darle un masaje a un tío tan feo ?»
Y te vas a la cama y vuelves a decirte: «¿Hago la Giralda de Sevilla con granos de arroz o me masturbo?»
¿Qué hacemos cuando padecemos insomnio?
Hay gente que se hace guardia jurado.
A otros les da por telefonear a los amigos que viven en otros países.

Viene bien ponerse una película codificada del Canal Plus. Te quedas atontado con las rayitas y el ruido sssssss, pero si es porno se produce el efecto contrario y te despeja más, porque intentas adivinar qué partes del cuerpo y qué acciones estás viendo.

Se conoce el caso de un señor que, agobiado por el insomnio, se sacaba la cera de las orejas y la guardaba en un tarrito. Había estimulado de tal forma las glándulas que cada vez producían más cera, hasta tal punto que tuvo suficiente para encerar el coche. El caso es completamente verídico. En la actualidad ese señor tiene un museo de cera en Guadalest.

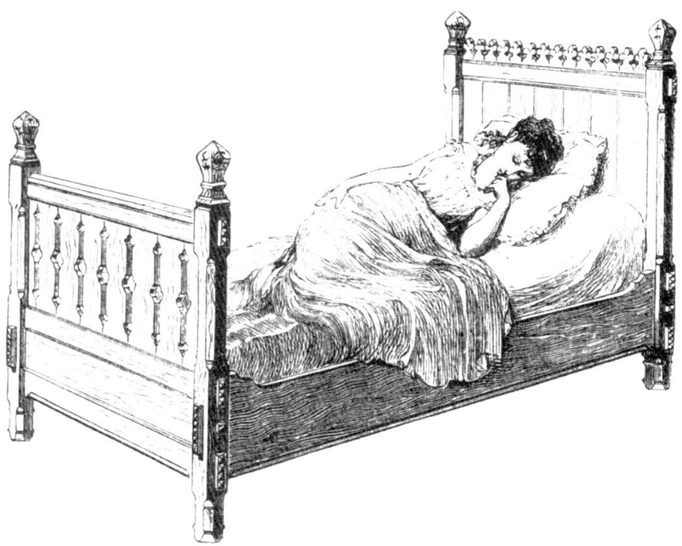

¿Qué pasa cuando hacemos el pavo?

Sabemos que los pavos aman de oído. Se ha demostrado que una pava inexperta trata con recelo a todo lo que se agita en el interior de su nido, a menos que emita el sonido específico de los polluelos.

Las pavas sordas, por ejemplo, matan a sus propios hijos y, en cambio, las que oyen bien aceptan y crían cualquier animal disecado que lleve incorporado un altavoz que emita el sonido correcto.

De manera que queda demostrado que los pavos aman de oído.

Podríamos hablar del amor o del oído, pero hemos decidido hablar de los pavos.

Mi pregunta es: ***«¿Qué pasa cuando hacemos el pavo?»***

En invierno es muy fácil porque se te caen los mocos...

Y hablando de mocos, ¿qué quiere decir la expresión: «Eh, cuidado, que esto no es moco de pavo?» Suena tan absurdo como si te dicen: «Alto ahí, que esto no es un caramelo Pictolín.»

Por cierto, ¿la papada de don Camilo sí es moco de pavo?

La palabra pavo es un comodín que vale para todo :

Se te puede subir el pavo.

Se te puede quedar cara de pavo.

Te pueden deber 20 pavos.

E incluso puedes hincharte como un pavo.

En América se celebra el día de Acción de Gracias, que menuda la gracia que le hará al pavo.

Empezamos ya haciendo el pavo en la infancia, arriba del tobogán. «Mira, mamá, sin manos». Segundos después el niño está en el suelo, con la cara desencajada. Algunos acaban tragando arena...

Y llegamos al gran clásico: La edad del pavo.

En esta edad los chicos estamos como poseídos por un pavo. Nos sale la voz de nuestro padre interrumpida a veces por la voz de Nieves Herrero, sobre todo cuando gritamos... Pasaba como con la flauta cuando no tapas bien el agujero de detrás, que se te escapa el pavito.

Las chicas en la edad del pavo van de dos en dos, cogidas del brazo y comiendo pipas. Pasan por la puerta de un bar que se llama Tropezón, y empiezan «¡Yuuuuuh!», y a la media hora se reúnen en el autobús y una le dice a la otra «Tro-pezón... Yuuuuh». Y cuando cada una llega a casa una hora más tarde y está sola en su habitación, de repente se acuerda y empieza: «Yuuuuuh». A veces se llaman por teléfono y sólo se dicen «Tropezón».

Cuando te enamoras haces el pavo real, porque eres realmente un pavo.

Entras en el bar donde está ella y abres todas las plumas. Te ríes fuerte, gritas: ¡«Un cortado», te caes de la silla -«No me he hecho nada», te apresuras a comentar-, y te vuelves para ver si ella se ha percatado de tu presencia.

El sitio donde se puede llegar a ser un profesional en esto de hacer el pavo es sin lugar a dudas en esa atracción de la feria que son los autos de choque. ¿Cómo localizar a un pavo en los autos de choque? Es ése que cuando empieza la sesión siempre se queda atascado entre un montón de coches vacíos, y tiene que levantar la mano para que venga un empleado y le saque del apuro. Cuando está a punto de terminarse la sesión, el empleado se agarra con una mano a la barra y con la otra al volante y le ayuda a salir.

También están los pavos suicidas, que son los que van en contra dirección porque no se dan cuenta de que todo el mundo va hacia la otra parte.

Y está el pavo de morro largo, que es ése que se enfada cuando chocas con él.

Y el pavo ligón, que se cree muy especial porque va todo el rato marcha atrás...

El pavo se puede hacer en muchas partes. ¿Quién no ha hecho el pavo en un hotel con las tarjetas que te dan ahora para abrir la puerta, que bajas a recepción y dices: «No va la luz. Me han dado la única habitación sin luz»?

Esquiando también se hace mucho el pavo... Te crees que porque llevas un gorro con borla puedes bajar por una pista negra, y caes como una vaca abierta en canal... Ya eres un pavo escayolado.

Todos los hombres hacemos mucho el pavo buscando atajos. Somos los reyes de los atajos, le dices a ella, que es una gran amante de las grandes vías. «Voy a meterme por esa calle y verás lo que adelanto.» Normalmente es un callejón sin salida, o no te cabe el coche, o pillas una camioneta de reparto... Pavo, que eres un pavo.

Se hace el pavo en Nochebuena cuando te empeñas en abrir la botella de cava como entendido que eres. Le das dos vueltas al tapón, te lo cargas y te quedas con la parte gruesa en la mano.

Y pavos estamos cuando cogemos la botella de cava por el culo, porque una revista dice que es así como se sirve, y se nos cae todo el cuello de la botella dentro de la copa, con el consiguiente estallido de ésta, y la chica se queda con la falda de terciopelo mojada.

Y ya que estamos con la zambomba en la mano, haces el pavo cuando al cantar villancicos te das con la pandereta en la cabeza con toda la fuerza y te quedas traspuesto. O en el codo, en el hueso de la risa... ¡Qué pavo!

¿QUÉ COSAS DEBERÍAMOS CONSERVAR A PESAR DEL EURO?

El ayuntamiento de San Fernando de Henares, en Madrid, ha dictado una nueva ordenanza en la que se pide silencio en las horas de la siesta, qué menos.

Lo que no se podrá hacer en esas horas es cantar o hablar alto, ni ensayar con la banda de cornetas y tambores. Tampoco podrán abrir y cerrar las ventanas con estrépito, ni discutir de fútbol, ni por supuesto efectuar obras o pasarse grabado el «Qué apostamos», que están todo el rato gritando: «Señoras y señores, se ha puesto el camión encima de la cabeza y un vaso». Siempre hacen cosas con vasos, lo que sea y además un vaso.

Cuando estaban redactando la ordenanza se creó cierta controversia entre los concejales, porque había algunos que estimaban que era poco europeo. Pero al final se impuso la razón y se dictó la ordenanza para preservar la santa siesta.

Hay que empezar a tomar medidas, porque con eso de que hay que dar una imagen europea a ver si vamos a perder algunas perlas de nuestra forma de vida. Y pregunto:

¿Qué cosas hay que conservar a pesar del EURO ?

La camiseta sport, esto hay que mantenerlo aunque haya que pedir fondos a la Unión Europea. Esas camisetas sport, con los pelillos que asoman, yo creo que deberían venderlas con algunos pelos en la parte de arriba, para que los que tenemos el pecho lampiño pudiésemos presumir asomándonos por la ventana.

Otra cosa que deberíamos conservar a pesar del euro es el palillo en el diente o encima de la oreja. Esto en caso de accidente vendría muy bien, porque a la hora de identificar los cadáveres, los que llevasen palillo serían son españoles.

Los puentes. Antes muertos que renunciar a tantos puentes festivos, que en España más que puentes tenemos viaductos, y se queda el país empantanado y no pasa nada. Hay, pues, que mantener todos los puentes.

¿Qué cosas deberíamos conservar a pesar del EURO?

El chulo de playa. Con esa coleta, ese tanga con calcetín marca paquete, esa uña del dedo meñique larga. A ver qué va a pasar con el chulo de playa, que está en peligro de extinción. Ya nos cargamos el buitre leonado, no vayamos a perder también el símbolo de nuestra virilidad.

Propongo una asociación ecologista que lo ampare. ¿Acaso Geenpeace no defiende a la araña de Antequera? Pues que defienda también a esta especie tan nuestra.

Cuidado con el progreso, tanta comunidad y tanta leche, no vayan a desaparecer los vendedores ambulantes de quesos en las carreteras. O los de mallas de naranjas, o los de tomates de la huerta. Que no vayan a desaparecer ahora, cuando ya lo tenemos todo controlado.

Que tampoco desaparezca la ropa interior colgada en los tendederos, porque da gozo ver unas bragas negras caladas colgando de un sexto piso. Eso incita a la imaginación. Ves las bragas, has visto a la señora... Y esto sí que está en franca retirada.

A ver si con tanta tontería con la moneda única y nuestra identidad europea, vamos a perder la sana costumbre de «no» pagar a la comunidad de vecinos... A ver si va a venir el euro y vamos a empezar a ser unos cursis.

No nos equivoquemos, ***¿qué cosas se deberían conservar a pesar del euro?***

El subir en tromba al autobús, a ver si ahora nos vamos a poner todos en fila y se va a acabar el abordaje al bus y pisar bien pisados a los niños... Y sobre todo que no se pierda la famosa frase del conductor: «Hasta que no pasen más hacia el fondo no cierro las puertas».

Puede parecer que estoy sacando las cosas de quicio, pero no. Ya han desaparecido cosas muy importantes, como la manivela de la ventanilla del coche.

No perdamos la costumbre, cuando se va en parejitas, de caminar ellos delante y ellas detrás.

¿Se perderá la foto del padre encima de un pozo haciendo músculos? ¿No la tenéis? ¿Ya se ha perdido, he llegado tarde?

No perdamos más cosas nuestras como la cabra y la escalera, que ahora van sin cabra y sin trompeta, llevan un teclado y lo ponen bien fuerte para que la gente les dé dinero para que se vayan...

Que no nos cambien en sábado sabadete, a ver si ahora va a ser lunes, lunete...

Un llamamiento para que no se pierda el hablar a gritos, el ir de tapas, el pincho de las once, el batín de lana del Pirineo, el pedete después de la comida, el ir a nuestro aire, los chistes verdes en la tasca, el amogollonamiento a la puerta del pub, comer los domingos en casa de tu madre... Si aún nos van a fastidiar con el euro...

¿QUÉ PASA CUANDO TE PARA LA GUARDIA CIVIL?

Técnicos de la Universidad de Valencia han estudiado el comportamiento de los conductores en la autopista, y las situaciones de peligro que generan la monotonía y la llamada hipnosis de autopista.:

Según este estudio, se evitarían accidentes cambiando el tipo de firme cada tantos kilómetros o colocando señales informativas para llamar la atención.

Pero hay un factor que despierta especialmente la atención del conductor, un factor que según el estudio tiene un efecto similar al enamoramiento, y es la presencia de la Guardia Civil.

O sea, que cuando ves a la guardia civil tienes la misma sensación que cuando estás enamorado... Te da un vuelco el corazón, se te salen los ojos de las órbitas y te entra una raspa en el estómago...

Por ese motivo el catedrático que dirige el estudio, Luis Montor, habla de la posibilidad de colocar agentes artificiales.

Es más, yo planteo que para mantener despiertos a los conductores en vez de colgar en el espejo retrovisor una cola de zorro, se cuelgue un guardia civil de goma...

¿Qué cosas pasan cuando te para la Guardia Civil?

Un conductor de Lérida, ha sido condenado a un año de cárcel por morder en un dedo a un guardia civil en la prueba de la alcoholemia... Esto es amor. ¿Acaso los enamorados no se dicen ya aquello tan común de «Te comería»?

Cuando ves a la Guardia Civil, aprietas el culo y levantas el pie del acelerador... Y, como cuando estás enamorado, tienes sudor, frío, calambres, angustia, la garganta seca, y carraspeo.

Y si te paran, sigues con la misma sensación de enamoramiento, mientras piensas: «A joderme van...»

Los ves a lo lejos y dices: «¡Llevo algo mal!». Las luces puestas, un faro roto, la documentación, el coche robado... «Algo mal debo llevar».

Y menos mal que no guardo ningún cadáver en el maletero...

Imagina que te los encuentras un día en que llevas un muerto detrás...

Si pasas y no te paran, miras por el espejo retrovisor a ver si no te miran o te siguen... Y tienes miedo de ver de repente por el espejo que aparece un helicóptero: «A ver, el 127, que se ha escapado al control, pare inmediatamente»

¿Y cuando vas sin el cinturón y de repente aparecen? Ahí hay mucho peligro porque empiezas a tirar del cinturón como un loco, conduces con una sola mano, te lo pasas por delante de la cara, te doblas una oreja, y no te da tiempo de abrochártelo... Siempre hay un partidario de no moverse: «No lo cojas, haz como si nada». Y te pones a disimular como si no hubiese pasado nada, como si no te hubiesen visto...

¿Y cuando te hacen parar con esa espada que llevan de la Guerra de las Galaxias, la de Obi-Wan Kenobi, y los ves desde lejos haciéndote señales y dices: «Madre mía, que la fuerza nos acompañe». A medida que te acercas te sientes Luke Skywalker y miras a tu suegra por el retrovisor y dices «Mira, R2D2»

La verdad es que son muy correctos :

«Buenos días, agente Bermejo...»

Y vienen ya con el papel ése de las denuncias en la mano, igual que los médicos que tienen los papeles para recetar preparados, sin saber lo que tienes, que es entrar por la puerta y ya te están recetando: «Te vas a tomar locatil, uno por la mañana y once por la noche».

Pues la Guardia Civil igual, con las recetas en la mano...

¿Cómo no nos van a acojonar?

Cuando se asoman por la ventanilla y te saludan militarmente, los tíos que hemos hecho la mili oímos: «Documentación, por favor...», y te dan ganas de contestar: «En seguida, señor, sí, señor».

Para evitar este síndrome sería mejor que en vez del saludo militar te diesen un abrazo.

La verdad es que casi siempre ves que paran al de la furgonetilla, al del camioncillo, pero nunca ves parado un Mercedes... Ésa podría ser una buena publicidad: «Compre un Mercedes y nunca le parará la Guardia Civil».

Entre los conductores hay una solidaridad muy rara. Te pueden matar si intentas meterte en una cola, pero todo el mundo hace la rafaguita de luces y te avisa de que hay un control... Entonces se hace caravana...

Yo tengo que decir que conmigo siempre han sido muy amables. Una vez me salté dos rotondas y una isleta y me fui en contra dirección. En treinta segundos no se pueden cometer más infracciones. De repente vi a la Guardia Civil y pensé: «Dios mío, me quitan el carnet», y cuando se asomó el agente me dijo: «Oiga, ¿usted no es el de la radio?» «Sí»... «¿Y me podría grabar el LP de Europa, ése de tirirtii?» Yo le dije: «Vamos, si quiere le grabo un LP cada semana». «Muy bien, no vuelva a hacer esto.»

¿Es eso amor?

¿Será eso lo que sentimos al ver a la Guardia Civil? ¿Amor a la pareja?

¿QUÉ COSAS PASAN CON LOS BICHOS?

La bichomanía ha llegado. Los bichos están de moda, y en todos los restaurantes de comida rápida el menú incluye un bicho. Quiero decir que te regalan un muñequito de plástico como los de la película que se estrena hoy en toda España. Primero llegó la película Hormigaz, y ahora llega BICHOS, una peli hecha totalmente por ordenador y en la que los protagonista son hormigas, saltamontes, pulgones, cucarachas, mariquitas... ¡Bichos!

¿Quién no ha pasado un día de campo buscando bichos con un tarro de Nescafé con agujeros hechos en la tapa?

¿Quién no se ha levantado con el ojo como Rocky Balboa porque le ha picado un mosquito?

¡Todos hemos tenido experiencias con los bichos!

¿Qué cosas pasan con los bichos?

¿Qué diferencia hay entre un bicho y una mascota?

Si tu madre lo aplasta es un bicho.

¿Aplasta tu madre al gusano de seda? ¡A que no! ¡Pues entonces es mascota!

También hay excepciones. A veces aplastan al gato, pero es sin querer.

De todos modos, las auténticas especialistas en despachurrar son las abuelas. La mía es una samurai de la paleta. Estás hablando con ella tranquilamente y de repente hace ¡chas!, y se carga tres moscas de un golpe. Por un instante no sabes si es tu abuela o Pete Sampras.

De pequeños siempre le pedíamos la paleta un rato, y ella decía: «Vale, pero no la chupes».

Hay bichos a los que sólo has visto de pequeño, como las libélulas. Y bichos que sólo ven las madres, como las polillas... ¿Habéis visto alguna vez polillas ? No existen, pero las madres se empeñan todos los años en colgar en los armarios unas pastillas para matarlas.

¿Las lombrices son mascotas o bichos?

Con los bichos pasa como con las personas. Hay unos que dan buen rollo y otros que dan miedo.

Las mariquitas dan buen rollo, a pesar de que cuando las coges siempre se te cagan en la mano. Pero, como dan buen rollo, dices: «Mira, tiene miedo, pobrecita».

La avispa da miedo... Sin embargo, la abeja es buena. Mejoró mucho su imagen desde que vimos la serie de la abeja Maya...

Ahora ves una y te hace gracia, y si ves una atontada dices: «Mira, es Willy».

El tábano da miedo.

El mosquito irrita: estás durmiendo y te despierta un sonido parecido al que hacía José Luis López Vázquez cuando le veía las piernas a Carmen Sevilla, «ñiiiiiiiiiii». Y de repente te pasa por delante de la cara como el coche fantástico: «¡ññññññññññññññññ!». Empiezas a dar manotazos al aire y acabas encendiendo la luz, porque la única forma de acabar con él es aplastarlo contra la pared.

Hay un momento en el que vas a por el Flit y lo vacías en la habitación. «Macho, tú me has jodido la noche, pero te mueres».

Las hormigas tienen mucha moral, sólo hay que ver los chistes que se hacen de ellas:

Un elefante en una charca con un mogollón de hormigas en el lomo. Se sacude y, hala, todas las hormigas se caen. Todas menos una, que se queda agarrada como puede al cuello. Y las de abajo empiezan a gritarle: «¡Ahógalo, ahógalo!».

Una hormiguita le pide a un elefante que le ayude a cruzar el río:

«Elefante, elefante, ¿me llevas al otro lado?»

El elefante la cruza y al llegar a la otra orilla la hormiguita dice: «Gracias».

«¿Cómo que gracias? Bájate las bragas».

¿Y esta gente que va al campo y empieza a quejarse porque hay bichos ?

«Me he sentado encima de un hormiguero». Pues vete a tu casa.

Van a beber, «pero en la fuente hay avispas». Pues que se vayan a su casa.

Van a hace pis. «Está lleno de tábanos.» Pues que se vayan a su casa.

Nadie lo ha visto, pero todo el mundo tiene un primo al que le picó una avispa en la picha. Y aquello se le puso como una seta gigante.

Una amiga que es profesora me ha contado que preguntó en clase: «¿Qué es más grande, un pueblo o una aldea?» Un niño le contestó: «Una aldea», y ella dijo: «Nooo, el pueblo es más grande». «Es que yo también he contado a los bichos».

Y es que cuando eres niño los bichos son muy importantes, a pesar de las barbaridades que les hacemos... ¿Quién no les ha quitado las antenas alguna vez a dos hormigas para que se peleen? ¿Quién no le ha cocido el cerebro a un escarabajo con una lupa? ¿Quién no ha electrocutado a un mosca con una magiclic?

¿Era crueldad? No, es que cuando eres niño no te crees la muerte. Matabas una mosca y al rato volvías a ver si estaba viva.

Y la mosca del coche. ¿Alguna vez os habéis planteado qué ve la mosca? Mira el parabrisas y ve a otros insectos estampándose contra el cristal. Para ella es como Impacto TV.

Sólo falta que el coche lo conduzca Carlos García Hirsfield. Y que diga: «Esta mosca se mató contra el cristal de un Renault 5 a 140 km. por hora. Afortunadamente a los ocupantes del coche no les pasó nada».

¿QUÉ COSAS HACEMOS EL DOMINGO?

El Papa reivindica el domingo para la oración. Ayer dijo, durante el rezo del Angelus, que una de las prioridades de los cristianos debe ser la dedicación del domingo al Señor.

Aunque el Papa diga que el domingo es el día del Señor, para la mayoría el domingo es el día del sofá.

Aunque para algunos sea el día del sacrificio, para la mayoría es el día en que comen en casa de la suegra.

¿Qué cosas hacemos el domingo?

El domingo normalmente se pasa durmiendo...

Quieres que te cunda el domingo y quedas a tomar una caña con los amigos, pero no acudes y te levantas a las dos de la tarde con la mesa puesta.

Si no hay nada que te obligue a salir de casa, el domingo es el día del conocido triángulo de las Bermudas: de la cama al sofá y del sofá a la nevera.

El domingo no te quitas el pijama, si puedes evitarlo ni te duchas... Vamos, que casi ni te peinas, y llevas los pelos que parece que vayas a volar... Todo el día en chándal, con las zapatillas de talón aplastado, el dedo gordo asomando por un agujero y la cara de botijo.

Te embruteces en el sofá, pegado al mando a distancia, haciendo zapping todo el día, empalmando una película con otra, o viendo dos a la vez, durante los descansos... Hasta que te duele la cabeza.

Me han dicho que hay animosos que se levantan temprano y que desayunan, hacen footing, compran churros para toda la familia, leen el periódico, y cuando tú te levantas ellos están radiantes, y piensas que el próximo domingo tú harás lo mismo, pero llevas diez años con esa determinación y no hay manera de convertirla en realidad.

De vez en cuando te asomas al balcón para ver cómo está la calle: perros paseando a sus dueños, niños con bicicletas en las aceras y gente que va a por el periódico, y te entran ganas de leerlo, pero por no bajar...

Cuando llega el verano, mucha gente decide ir a la playa y se pasa el domingo en una retención de la carretera.

O hinchando un animal neumático gigante, que cada vez los hacen más grandes, un cocodrilo, un pingüino, una foca... Estás hinchando el cocodrilo y dices: «Y yo que pensaba que el Titanic era grande».

Pero hay cosas peores. Hay gente que queda los domingos para hacer ciclismo, de buena mañana, que ya son ganas. Siempre te los encuentras subiendo cuestas. Cuando les adelantas con el coche les dices: «¡Venga, Indurain!»

Hay gente que en su ignorancia lava el coche el domingo, cuando de todos es sabido, y así lo recomiendan los médicos, que el día de lavar el coche es el sábado...

Para los despistados, el día del polvo y el coche es el sábado.

Quienes peor lo tienen son los que por obligación han de ir a comer a casa de la suegra.

¿Por qué? Porque ya se levantan de mal genio. «¿Por qué tenemos que ir todos los domingos a casa de tu madre?». La respuesta es: «¿Y a ti que te cuesta? Per, si vas a venir con esa cara, más vale que no vengas...»

Si no ha arraigado la costumbre de ir a comer a casa de los suegros, la suegra llama por la mañana temprano para preguntar: «¿Vais a venir?»

El domingo es el día que el bricolajero se pone las botas: «Más te valía estar en la misa», como dice el Papa... Porque a las ocho de la mañana ya se les oye con la sierra. ¿Qué cortarán y qué agujerearán?

Hay otros que se pasan el domingo engrasando la moto.

Lo peor del domingo es la tarde.

Podrías adelantar trabajo, pero no te nace. Lo que tienes es una especie de desasosiego o ansiedad, y te pican la cabeza y el cuerpo... La gente se rasca mucho el domingo por la tarde.

Muchos se pasan el tiempo diciendo: «¿Hacemos algo?» o «Podríamos hacer algo», pero nunca se hace nada, todo lo más coger un empacho de pipas.

Los domingos por la tarde también se pueden presentar tus padres en tu casa. «Es que pasábamos cerca». Entonces tu madre te lo revisa todo, abre la nevera para ver cómo comes y te dice que comes sin fundamento.

Y como tu salón es pequeño ya no te puedes tumbar y has de quedarte tieso, como si fueras tú quien está de visita. En cuanto a la película del vídeo que estabas viendo ya no puedes terminarla y al día siguiente tienes que devolverla.

Hay gente que se compra un piso y se tira un año yendo cada domingo a limpiarlo, un día las gotas de pintura, otro la silicona... «Nos vamos al piso a limpiar.»

Hay quien dedica el domingo a superar la resaca del sábado, que por cierto no se supera...

¿QUÉ COSAS SE HACEN INTERMINABLES?

Hay cosas que parece que no van a acabarse nunca. Por eso me gusta febrero, febrerico el corto, porque se acaba antes y el sueldo te llega bien.

Una cosa que no se acaba nunca: el boli bic. Que levante la mano el que haya conseguido acabar un boli bic. Lo roes por arriba, le pierdes la caperuza, el taponcito te lo pones en la lengua, y empiezas a hacer ventosa... Te lo roban, pero no se sabe de nadie que haya conseguido acabar él solo con un boli bic.

Cuando te estás mareando en un viaje y no puedes aguantarte, y piensas: «No llego, vomito aquí, en la espalda del conductor», y cuando el coche para lo expulsas todo como si fueras un yacimiento de petróleo.

La sesión de rayos uva, sobre todo cuando estás metido en esa especie de ataúd. Si el sitio es cutre y no hay aire acondicionado te ponen un ventiladorcillo que no te basta. Entonces empieza a sudarte el culo y piensas «¿Me estarán grabando?»

Se hacen interminables unas vacaciones compartidas. Mira que es difícil que unas vacaciones se hagan largas, pero si te vas con otra pareja a compartir un apartamento en la playa donde tú piensas comer como un cerdo, que para eso estás de vacaciones, y nada más llegar la otra pareja te dice que se han puesto a dieta de manzanas, sólo quieres que se acaben...

La edad cambia las cosas. Ahora la siesta siempre nos parece corta, pero de niños nuestras madres nos metían en la habitación, nos bajaban la persiana a las tres de la tarde y nos decían: «Por lo menos tienes que dormir dos horas», que nos las pasábamos mirando el techo, o haciéndonos tocamientos.

Cuando nos toca bailar con alguien que no nos gusta por compromiso... Yo no sé si les pasa lo mismo a las chicas, pero a mí se me hace interminable.

Cuando tienes una peladura en el pie y estás en Roma, y vas con alguien que tiene que ver todas las ruinas y piedras rotas que hay, y la tirita se te despega y la pierdes, siempre hay algún listo que te dice: «El mejor apósito es la piel». ¿Habrá tortura peor que ésa?

Cuando haces abdominales, levantas las piernas y no ves el momento de volver a dejarlas en el suelo.

Se puede hacer interminable una obra de teatro amateur, en la que todo el rato hablan con altibajos, o una de esas óperas que tus amigos, los de la dieta de manzanas, se han empeñado en que veas, porque es una maravilla. Te entra un sopor y te dan ganas de ponerte a gritar más que ellos...

Se hace interminable la espera cuando llegas pronto a un sitio, por ejemplo al cine, con el bol de palomitas en la mano, y quieres guardártelas para la película, pero empiezan con los trailers, la publicidad, se cierran las cortinas, se abren las cortinas, interminable.

Los pregones de los pueblos... No se salva ninguno, los peores son los que empiezan: «Voy a ser breve»... Otra cosa sería si el pregonero fuera sincero y cantase las verdades del pueblo, y empezase: «Hay que ver qué lejos queda este pueblo de todo, y qué fea es la hija del alcalde, y qué moscas tiene, que parecen F 15, y qué mal suena la megafonía, y qué ardor de estómago dan los productos típicos».

Se hacen interminables los cortes de publicidad en la tele.

Se hace interminable la fregada, porque aunque sólo te queden dos sartenes luego has de lavar los fuegos y los churritones del suelo.

¿QUÉ OLOR ES SU PREFERIDO Y CUÁL LE REPUGNA?

Carole Bouquet dice que su perfume favorito es el ajo. ¿Será posible? Dice que huele a deseo… Imaginaos a ése que se come todos los días el pincho de tortilla con ajoaceite, que hay personas así en todos los trabajos, y que se os acerca y os dice: «¡Hola! ¿Huele a deseo?». Y es que el olor es memoria, y nos atrae o nos repele en función del recuerdo que nos despierta.

En medio de la cara tenemos la nariz, estandarte del olfato, que va por delante de todo lo demás detectando olores, y si pilla uno que no es de su agrado nos avisa para que no entremos. Por el contrario, si es de su gusto, la nariz «nos arrastra». Podríamos decir pues, que los olores dirigen nuestras vidas y eligen a veces a los amigos, y hasta a la pareja. Si te gusta cómo huele una persona te caerá bien, si te gusta muchísimo hasta puede que desees «comértela». Y al contrario, como no te guste su olor, ya puede ser maja.

¿Cuáles son sus olores favoritos y cuáles los más aborrecidos?

Para olor bueno el de las panaderías. Deberían de inventar un ambientador con olor a pan y a bollos, y no tanto olor a pino y limones salvajes. Antes de salir de la panadería ya te has comido media barra a secas.

Los olores que más nos gustan son los de la comida. Sin embargo a nadie se ha ocurrido hacer un ambientador de café de Colombia, o un ambientador con olor a pisto manchego, o a pimientos fritos. ¿Hay, por cierto, mejor olor que el de los pimientos fritos?

Hay un olor entrañable, el olor de la escuela, a tiza mezclada con colonia antipiojos y a bocadillo de Nocilla. Pero cuando los alumnos tienen más años y son adolescentes, el olor entrañable del colegio se vuelve olor a tigre. Sigue oliendo a tiza mezclada con bocadillos, pero de chorizo, y los niños se han convertido en cócteles hormonales.

Un olor bastante reciente: el olor de puente aéreo. Es el mismo olor que desprende una muela careada cuando la está vaciando el dentista para ponerte un empaste.

El campo huele a campo. Sólo sabemos diferenciar los olores si va contigo tu padre o un ecologista que te va diciendo: «¡Qué olor a pino!», «¡Qué olor a romero!», «¡Qué olor a lavanda!».

Cada casa tiene su olor, y hay gente que huele como su casa, como su coche y hasta como el sitio donde trabaja… ¡Un asco!

Hay cosas que huelen mal, pero eso no significa que sean malas : el queso, el bacalao, la mojama, los pubs… Los huevos duros, bueno, los huevos duros me pueden.

Y muchos olores que nos gustan en un determinado momento y lugar, en otro nos asquean. Los olores de la cama, por ejemplo, no nos gustan en la mesa.

El olor a camiseta sudada puede estar bien, pero si él se sienta a la mesa con esa camiseta...

Pero también nos acostumbramos a los malos olores y llegan a gustarnos:

Nos gusta, por ejemplo, el olor de nuestras axilas.

¿Por qué la gente se queda leyendo en el water sin tirar de la cadena?

Las mujeres abrazan a los bebés cagados y sudados, sin darle importancia.

¿Y ese olor a guisadito que adviertes cuando entras en el portal y que sabes que no procede de tu casa? Ganas te dan de ir piso por piso preguntando «¿Es aquí donde han hecho carne mechada?»

Un ambientador con olor a palomitas tampoco estaría mal, huele que alimenta. De hecho, ya hay ambientadores que utilizan ese olor en los cines para que cuando entres no lo puedas resistir y te compres.

Hay un olor que no se sabe a qué huele, pero todo el mundo dice «aquí huele a cerrado».

Y es que ciertos olores son muy difíciles de explicar: «Eso huele a algo así como roquefort con ajo...» o « Es como un olor a pies con sobrasada...»

Las mujeres tienen más desarrollado el sentido del olfato. Parece como si tuvieran una brigada olfatil en la nariz. Entran en tu habitación y enseguida te preguntan: «¿Has fumado?»

Y saben inmediatamente si se sale el gas o si se está quemando la comida.

Son auténticos Sherlock Holmes. Te huelen el cuello de la camisa y dicen: «¿En qué antro has estado?»

O le huelen la camisa a tu padre y dicen: «Qué olor a fritanga. Has estado en el bar de Pepe. Seguro que has picado y ahora no cenarás».

Y es que los olores avisan. El mal olor de las alcantarillas por ejemplo, sirve para advertirte de que va a llover.

¿Qué cosas hacemos en el trabajo que no son trabajo?

Varios funcionarios han sido denunciados por acceder a las páginas de porno infantil de Internet en sus horas de trabajo. La fiscalía del tribunal superior de justicia de Andalucía ha admitido a trámite una denuncia de Asuntos Sociales que procede de una primera denuncia de Prodeni (Asociación en Defensa del Menor), en la que se aseguraba que los funcionarios consultaban desde la propia administración estas páginas de Internet. Y es que estos funcionarios cometían dos irregularidades: una, la más grave, la de acceder a páginas de pornografía infantil, y otra, la de navegar por Internet en horas de trabajo.

¿Qué cosas hacemos en el trabajo que no son trabajo?

Todos hemos oído decir aquella típica frase de: «Aquí no se viene a leer el periódico».

Hay de todo. Hay quien hace avioncitos, se los tira al de enfrente y se ríe: «Je, je...»

Se juega mucho a los barcos, por ejemplo, y a los solitarios. Gracias al trabajo, todo hay que decirlo, hay auténticos expertos en juegos de ordenador.

Está el cinéfilo que todos los días tiene que hablarte de la película que ha visto. Si es futbolero, el lunes toca repaso de los partidos. Si se trata de un seguidor de series de televisión, esta mañana va a contarte *Periodistas*. Todo menos trabajar...

También está el que, en vez de trabajar, se queja continuamente. «Si fuera médico me recetaría una baja. ¿Cuándo nos dan las vacaciones?»

De vez en cuando se hace un peine improvisado... Porque es el cumpleaños de uno, o porque Mari Pepi está embarazada, ya se ha perdido la mañana... Porque te bebes una copita y luego no das una. Y empiezas con cancioncitas, hasta que desconcentras a los demás: «Adobado voy, adobado vengo».

Los que llevan la contabilidad tienen una excusa fantástica: «Me voy al banco», dicen. ¡Y hala, échales un galgo!

Cualquier pretexto es bueno para dejar de trabajar. Alguien pregunta: «¿Quién quiere un café de máquina?», y te apuntas. Y se hacen capillitas para poner a parir a los demás.

O te pones a ordenarte la mesa, y luego continúas con los cajones y pasas media mañana dejándolo todo ideal. Y, ya que te pones arreglas el poto, le quitas las hojitas feas y lo riegas. Y lo mismo con el tablón de corcho donde se ponen los mensajes: quitas los antiguos y haces unos nuevos muy bonitos con rótulos de colores para que todo el mundo los vea bien, por ejemplo: «Prohibido fumar». Los diseñadores de este cartelito pueden pasar varios días confeccionándolo, para luego hacer varias copias y repartirlo por toda la oficina.

Hay quien hace trabajo sumergido en el propio trabajo, vendiendo cosmética o joyas, o tupervares, o comida dietética, o relojes falsificados... O tiene un primo que lo vende y que va al trabajo, y todo el mundo acude a probarse los Versace de imitación o las camisas. Al día siguiente, media oficina va vestida del mismo modo.

Están los que se traen cosas artesanales del pueblo: miel, bollos, chorizo, y te las venden...

Se aprovecha para intercambiar las loterías de los hijos, que son todas sospechosas porque tienen que coincidirte con las tres últimas cifras del número de la Lotería, pero al revés, y te toca una minicadena, o no...

Lo que se hace mucho en el trabajo es ligar... No nos engañemos, éste es uno de los pocos alicientes que tiene el trabajo.

Todos los trabajos tienen en común la batida de amigos, lo que se llama poner la agenda al día y llamar por teléfono a todo el mundo. Es algo que suele hacerse a media tarde, cuando te pones nostálgico, y terminas llamando a tu primo de Argentina, a costa de la empresa.

Hay que llevarse las fotos de las vacaciones al trabajo, para que la gente vea lo bien que lo has pasado, y explicarlas una por una a cada uno, con lo que pasas media mañana haciendo la ronda.

Se comen pipas... Se intercambian recetas de cocina. Se comentan dietas y experiencias con las dietas... En este mismo momento, en todos los trabajos hay alguien que está contando el régimen que sigue: «¿En tu dieta puedes comer saladitos?»

Cuando uno no tiene ganas de trabajar contagia al resto de la oficina. Por ejemplo, puede soltar la pregunta: «¿A que no sabéis a qué distancia está La Coruña de Algeciras?». Aquí se acaba la jornada laboral, todo el mundo ha picado...

Y después dice otro: «¿Tenéis idea de dónde está Kinsasa?».

La fotocopiadora es un lugar que favorece el escaqueo. ¡Qué gran amiga de los vagos ! Y el fax no te cuento, aquí se puede perder media mañana, y formar tertulia... Es otro lugar para poner a parir a los demás...

En un rato tonto también se hace la lista de la compra, y hay hasta quien se escapa y va al super.

Hay gente que se lleva a los hijos. Y con la excusa de que son muy ricos ya no trabaja nadie.

También están las que miran por la ventana a ver si llega el de las once y media subido en un andamio, con el torso desnudo y la Coca-Cola, como en el anuncio.

Algunos se hacen la manicura, o se meten en el baño a explotarse los granos... Y ves y busca...

Vamos a ponernos en lo peor, que el jefe esté ocioso. Cuando el jefe está ocioso se le ve llegar a cámara lenta, eligiendo una víctima para una conversación interminable que sólo le interesa a él. Si se apoya en la pared o en una mesa, la cosa va para largo, y si te ofrece un cigarro ya no te suelta... Pero peor es que llegue en plan de jorobar al personal... Entonces todo está mal. Tienes el poto descuidado, gastas demasiados folios y maltratas la fotocopiadora.

¿QUÉ ANIMALES NOS PARECEN RAROS?

La gallina, qué animal tan raro, tan gordas ellas y con esas patas tan finas, y esa cara que tienen que parece que lo cotillean todo, y siempre comiendo piedras del suelo para hacer los huevos. Esto se merece una reflexión. Mi pregunta es: ***«¿Qué animales nos parecen raros?»***

Por ejemplo, los perros, los gatos y los burros, no son raros. Las gambas, sin embargo, son raras, muy raras...

Dentro de los animales raros, hay algunos que siempre salen como malos en las películas y en los dibujos animados... Las avispas siempre son malvadas, aunque son ejemplo de cintura estrecha. Mientras que las abejas, que son más gordas, siempre son las buenas... ¡Claro, como nos dan miel !

Pero para animal raro el caballito de mar, que cuando eres pequeño te crees que te puedes montar en ellos y luego resulta que para verlos necesitas una lupa.

El colmo de la rareza es la sepia, con un ojo a cada lado de la cabeza. ¿Sabe alguien cómo se las ingenian para nadar?

¿Y los buitres, que tienen el cuello como si fuese una tubería de fregadero?

Y los percebes, ¿son animales o son de goma? Por no hablar de las angulas.

La vaca no nos parece rara porque desde pequeños se empecinan en que lo sepamos todo sobre ella, y venga a hacer redacciones sobre el tema de la vaca, que si tiene tres estómagos, que uno se llama libro, que si es rumiante... ¿Os parece poco raro tener tres estómagos? Lo más raro son las ubres, que parecen guantes de goma hinchados...

¿Y las laboriosas hormigas, que pueden levantar hasta setenta veces su peso, cuando nosotros llevamos un tambor de detergente de cinco kilos y ya no podemos con él?

¿Y los elefantes, arrastrando todo el día una trompa que han de arrastrar o llevar levantada? Ha de ser una incomodidad. Imagínate que las personas tuviésemos trompa, y que por la mañana todo el mundo la levantase en el bar para pedir un café: «¡A mí, a mí, a mí!».

El bacalao, porque uno piensa que es aplanado como lo ve en las tiendas, y resulta que es un pez como los demás...

La clóchina, a la que muchos llaman mejillón, ¿es un animal? ¿O es una haba colocada entre dos conchas?

La mariposa tiene las alas bonitas y un cuerpo feísimo. De pequeños las dibujábamos con antenas larguísimas.

Todo el mundo se parece a algún animal... Vamos a hacer un repaso simpático. Que no se ofenda nadie... ¿A qué animal nos parecemos ? Yo me pongo el primero, para que no se diga. Confieso tener algo de tejón, el pelo pincho y la boca pequeña.

Rappel podría ser la reencarnación de una merluza.

Roldán, por ejemplo, es una tortuga.

Clinton es un mono albino, como Copito de Nieve.

Pujol es una rana...

Aznar es un hámster, y Felipe un jabalí.

Isabel Tocino tiene cara de pájaro. Diría que es una grulla.

Anguita es un águila, y Belloch tiene algo de un aguilucho.

¿QUÉ COSAS ABSURDAS PASAN EN LOS CUENTOS?

Un buen día empiezas a hacerte preguntas. Tu natural candidez se convierte en curiosidad... ¿Por qué Caperucita llevaba siempre puesta la caperuza? ¿Acaso tenía alopecia ? ¿Y por qué los príncipes azules eran rubios con la melenita recortada?

Ese día pierdes algo muy importante. Ya nunca volverás a ser el mismo, porque has descubierto que los cuentos en realidad son desagradables, machistas, violentos, y sobre todo están llenos de cosas absurdas... Éste es el asunto, pues. ***«¿Qué cosas absurdas pasan en los cuentos?»***

¿A qué madre con dos dedos de frente se le ocurriría mandar a su hija sola al bosque sabiendo que hay un lobo feroz suelto? La madre de Caperucita era una irresponsable... ¿Y la abuela? Una egoísta, que para disfrutar de una buena merienda expuso a su nieta a morir despedazada... Bien hizo el lobo comiéndosela. Y Caperucita era una pánfila, porque, ¿cómo pudo confundir al lobo con su abuelita? ¿Tanto pelo tenía la abuelita en la cara? Eso no lo explican los cuentos... Caperucita tenía salidas como las de Sofía Mazagatos. Cuando la sacaron de la barriga del lobo no se le ocurrió nada mejor que decir: «¡Qué oscuro estaba!». Pues, ¿qué querías?

Cenicienta era una guarra... El hecho de tener que estar limpiando no es excusa para ir todo el día llena de mugre, con la cara como una sartén y los pelos tiesos... Y otra cosa, ¿qué clase de encantamiento idiota le hizo el hada? Le dio un vestido y una carroza, y le dijo: «A las doce en casa». Parece un encantamiento de madre.

Los cuentos tienen la culpa de la mala fama de las madrastras y las hermanastras.

Los padres de los cuentos, especialmente los padres pobres, son desalmados y ruines. Ahí está el padre de Hansel y de Gretel, que los abandona en el bosque, o los de Pulgarcito que también lo abandonaron... Y luego, cuando vuelven a casa con el dinero, resulta que los padres lloran de felicidad. ¡Pues vaya!

Claro que para cosas absurdas, el caso de la ratita presumida. Este cuento, hay que analizarlo. Empieza a ligar como una descosida en cuanto se compra un lazo, y se lo pone en el rabo... Luego coge la escoba, se pone a barrer, y despierta pasiones. Venga a cantar el «La, lara, larita». ¿Qué pasa, es que antes no barría y no ligaba? Lo más fuerte es que se queda con el que se la come... Pero claro, cómo no se va a quedar con el gato, si todos los demás son unos impresentables, y el que no muge, ladra, y el que no, gruñe y cacarea. ¿Dónde estaba el ratón? ¿Por qué no apareció antes? Pasa lo mismo en la vida. Porque no aparece el hombre de tu vida y pasa tanto mequetrefe, te aburres y acabas con un canalla.

Decir que los cuentos son machistas es poco... Acordaos de aquél que decía: «Érase un rey que tenía tres hijas, las metió en tres botijas y las tapó con pez». ¿Por qué?

El lobo da mucha pena. En el cuento de los siete cabritillos, la madre es otra irresponsable que se deja siete cabritillos medio locos, sin canguro ni nada. Por cierto que al lobo se le pone voz de cabra comiendo claras de huevo... Y la bestia de la madre cabra le abre la barriga al lobo, que ya debe de estar acostumbrado, porque en todos los cuentos se la abren y se la cierran, pero es que la muy bruta se la llena de piedras, que debe darle un agobio y una sequedad en la tripa...

Garbancito de la Mancha... Le llamaban así por su tamaño. Su madre le mandaba a comprar, y cualquier cosa que compraba era más grande que él... Al final se lo comía una vaca y luego lo cagaba, circunstancia que les encantaba a los niños.

A los tres cerditos les cogí manía. Me los imaginaba todo el día tocando la flauta y cantando... Mira qué bien, el que más me agobiaba era el cerdito trabajador, con el mono y la gorra de un azul eléctrico... Y el lobo mareado, venga a soplar.

Sinceramente pienso que, si hay un cuento que prepara a los niños para el mundo de hoy, es el del gato con botas... El gato le dice a su amo: «Yo puedo enriquecerte», y para ello estafa, amenaza y roba, como un Mario Conde cualquiera. Al final del cuento ha conseguido todo lo que quería y aparece todo chulo vestido, alternando en los círculos más altos de la Corte. Ilustrativo.

Blancanieves y los siete enanitos, que es un asunto de celos entre mujeres, tiene bastante miga... Se han hecho algunas versiones pornográficas del cuento muy interesantes.

Lo de ricitos de oro siempre me ha tenido intrigado. Aparte de que era una cotilla que lo tocaba todo, la casa de los tres osos en el bosque, ¿era una casa inteligente? Porque llega ricitos de oro y ve una sopa muy caliente, la otra caliente, y la otra en su punto. ¿Cómo lo hacían? Misterio. Algún aparato de teletienda, seguro.

¿QUÉ COSAS NOS HACEN VOLVER LA CABEZA?

La especie humana ha evolucionado mal. Mucho andar erguidos, pero nos faltan unos buenos ojos.

Ahí tenemos a la mosca. Viven unos quince días y son unas pesadas, pero están llenas de ojos... En proporción, si pudiésemos ver como ellas, tendríamos dos mil ojos, según afirma la revista *Science*.

Yo no pido dos mil, pero otro juego de ojos en las paletillas no me vendría mal.

Cierto que los miopes tendrían que sostenerse las gafas de atrás con los sobacos. Y esto, para agarrarse en el autobús, sería un problema...

Todo esto lo digo porque la naturaleza, que es sabia pero roñica, nos ha puesto un cuello en vez de unos ojos posteriores, y nos pasamos el día volviendo la cabeza.

Esto me sugiere la pregunta: ***«¿Qué cosas nos hacen volver la cabeza?».***

Digamos que la profesional de volver la cabeza es la niña del exorcista. A mí esa imagen me impactó tanto que intenté hacérselo a mi hermana, pero sólo conseguí darle vuelta y media. Con eso ya tuvo bastante, menuda agilidad de cuello tiene ahora... Es la Nadia Comaneci del barrio, no veas cómo aparca marcha atrás.

A la gente nos encanta volver la cabeza.

Por ejemplo, cuando a un camarero patoso se le cae la bandeja. O cuando en misa un niño se pone a llorar, ¿por qué volvemos la cabeza si ya sabemos que es un niño? ¿Pensamos acaso que pueda ser un castrati o la reencarnación de Joselito?

¿Qué nos hace volver la cabeza?

Nada como un buen culo. Es inevitable, la cabeza se te gira automáticamente como en un partido de tenis. Y vuelves a girar, y vuelves...

Las cabezas que más giran son las de las gambas. Las decapitamos y, ¡hala!, a chuparlas...

¿Qué cosas nos hacen volver la cabeza?

Un famoso...

«¡Mira, es ése, el que sale en eso, haciendo tal cosa!»

Y con verlo un segundo ya le haces una biografía: «¡Huyyy, es un tonto un antipático! Parece que esté *amargao*».

En el cine, en cuanto suena lo del «Movie Record» y se encienden las luces, siempre volvemos la cabeza. ¿Para ver qué? ¿Cuánta gente hay? ¿Llevamos comisión acaso?

¿Para averiguar si conocemos a alguien? Imposible, si todo el mundo está mirando hacia atrás…

Estoy pensando en montar un cine al revés, donde la pantalla esté detrás. Sería un negocio seguro…

Sí, en el cine se mira mucho hacia atrás… Estás criticando a alguien y de repente te vuelves a ver si por casualidad está a tu espalda, o está su madre con un machete.

Cuando pasa la grúa, uno siempre vuelve la cabeza compadeciéndose del coche que llevan arrastrando…

La gente siempre vuelve la cabeza cuando pasa un coche de marca, un Masserati por ejemplo. De hecho nadie ha visto un Masserati nunca por delante. No existe la parte delantera, van con los pies al aire…

Si el Masserati hace que vuelvas la cabeza, no te cuento el SMART… Creo que los regalan en los huevos Kinder.

Es sabido, según explican los médicos, que tenemos poca sensibilidad en el ano… Será por eso que siempre volvemos la cabeza hacia la taza del water, después de evacuar, para ver si ha sido niño…

Cuando vas andando por la noche y notas unos pasos detrás, vuelves la cabeza con disimulo.

Cuando aparcas el coche siempre vuelves la cabeza, tanto si lo aparcas bien: «Hay que joderse, cómo he aparcado», como si lo aparcas mal: «Hay que joderse, cómo he *aparcao*…»

Cuando adelantas a alguien que te ha adelantado antes, siempre vuelves la cabeza como diciendo «Aparta, Morgan, nunca debiste cruzar el río Pecos».

Al pasar un coche de bomberos, la cabeza se gira sola… Por cierto, siempre vemos cantidad de coches de bomberos, pero nunca vemos el fuego…

Cuando pasa alguien corriendo también nos volvemos. ¿Dónde irá con tantas prisas?

Como un resorte se vuelve la cabeza cuando oímos: «Tchiiss, tchiiss».

Cuando pasamos por delante de un escaparate y vemos fugazmente nuestra imagen reflejada, volvemos la cabeza enloquecidos para comprobar qué guapos estamos..

¿CUÁNDO COMETEMOS EXCESOS?

Hace unos días un adolescente en Inglaterra moría por usar demasiado desodorante. Se rociaba el cuerpo constantemente de arriba abajo, obsesionado por la necesidad de oler bien. Las toxinas se acumularon en la piel y le mataron... «El desodorante no le abandonó, le asesinó.»

Y hoy nos hemos enterado de que un adolescente italiano de trece años, Giovanni, ha sido temporalmente expulsado del centro donde estudia por ir demasiado perfumado. No sabemos si es que le peinaba su abuela -sabida es la afición de las abuelas a dejarte la cabeza como un pollo-, pero llevaba tanta colonia que la profesora de literatura le reñía cada día. Cuanto más le decía que no se perfumara tanto, él más colonia se echaba. La profesora no pudo soportarlo y se lo comunicó al director del centro, que le dio la razón, y Giovanni ha sido expulsado dos días del colegio. Lo que me da pie para hacer la siguiente pregunta: ***«¿Cuándo nos excedemos?»***

¿Cuándo nos excedemos?

¿Cuándo nos pasamos de la raya? ¿Dónde está la raya?

Algunos parece que se la hayan esnifado, porque no la encuentran nunca.

Los boleros, por ejemplo, son una exageración. Por ejemplo: «Pasarán más de mil años, muchos más».

Sí, muchos más, pero si a los cuatro años ya estás hasta las narices del otro, ¿qué pasaría de verdad a los mil años?

Ya que hablamos de canciones, hay que ver cómo las repiten una y otra vez, cuando pillan una que les gusta:

«Me importas tú, y tú, y tú, y nadie más que tú, y tú, y tú...»

A veces hay alguien que hace una segunda voz y dice:

«Me importas tú, y tú, y tú y tú y tú y tú y tú...»

Por no hablar de «La Chatunga, je, la Chatunga, je, la Chatunga, ja...»

Con lo que más excesos hacemos es con la barriga: las panzadas de las navidades, las panzadas de las bodas, las panzadas de reír, las panzadas de llorar, panzadas de kilómetros, panzadas de estudiar...

¿Son realmente malos los excesos?

Pues parece que hasta los excesos de cosas buenas pueden llegar a cansar. Una señora contaba que su marido se tomó una pastilla de Viagra y aquello duró treinta y dos horas. Probaron con todo para reducirla: duchas, abanicos, exposición al aire libre. Sólo funcionó el agua bendita de la que, por fortuna, la mujer había hecho provisión en casa.

Los excesos se suelen cometer por inexperiencia.

Nos vamos de viaje al Caribe en invierno, pillamos una insolación para que a la vuelta se nos note bien el moreno y, si podemos, regresamos con trencitas.

Vamos un día a la sauna y salimos como un higo chumbo. Nos da hasta una bajada de tensión.

Probamos el yakuzi y salimos con los dedos como pasas.

Vas por primera vez a clase de Aerobic... Te esfuerzas al máximo, te crees el primo de Eva Nasarre, quieres estar a la altura de los demás, y cuando llegas a casa te tienes que acostar. Efectivamente has ido a *la* clase de Aerobic, porque es la primera y la última.

El ser humano tiende por naturaleza al exceso. pero es un exceso el papel higiénico que gastáis las mujeres.

O el maquillaje. Os hacéis rayas alrededor de todas las cosas que tenéis en la cara, rayas alrededor de los ojos, rayas alrededor de la boca. Algunas se las dibujan hasta en las cejas. Está claro que dentro de nada os pintaréis rayas alrededor de la nariz.

Claro que los hombres tenemos excesos propios de nuestro sexo. Unos llevan un manojo de llaves en el bolsillo con el escudo del club colgando, otros caminan de lado... Algunos, para hacer contrapeso, llevan en la otra mano el radiocassette del coche. Digamos que es el kit del hombre que es un verdadero hombre.

No puedo olvidarme del exceso de gomina. Hay toda una cultura de la gomina. El auténtico gominola no se peina con peine, se peina con los dedos para dejar surcos anchos, como un campo de motocross.

Para excesos los botones que tienen los mandos a distancia. Estoy seguro de que hay botones que no ha tocado nadie jamás. Todos lo hemos comprobado: hay botones que aprietas sin que pase absolutamente nada.

Hay gente sana en exceso. Los que no fuman, no beben y sólo comen galletas con gusto a serrín, son unos aburridos... Eso sí, hacen unas deposiciones maravillosas, siempre a la misma hora, como un reloj. Pero se les queda cara de acelga, y su única aportación a la sociedad son sus maravillosas deposiciones.

Incomprensiblemente existe una cosa que se llama exceso de celo en el trabajo. Las personas que lo padecen son psicópatas que por lo visto creen que van a heredar la empresa...

¿QUÉ COSAS DAMOS POR SUPUESTAS?

Damos por supuesto que todos los hombres entienden de fútbol. Cuando vas a cortarte el pelo, el peluquero siempre te propone el mismo tema. Me ha ocurrido esta mañana. Llego, me siento, y me dice: «¿Cómo quiere el pelo?». «Cortito por los lados». Tijera va y tijera viene. «Mañana en Bilbao, menuda se espera...». «¿Qué pasa mañana en Bilbao?». «Pues que juega el Madrid, macho».

Y es que se da por seguro que por tener pelotas entendemos de fútbol...

Así que ésta es mi pregunta: ***«¿Qué cosas damos por supuestas?»***

Se da por seguro que todos los chinos saben karate.

Que todas las suecas están buenas.

Que los gitanos no se quedan calvos.

También se da por hecho que todas la mujeres saben cocinar. Que depende de la genética y que nacen con la sartén en la mano. Pero la verdad es que algunas no saben ni freír un huevo.

Y, hablando de huevos fritos, ¿por qué se da por hecho que a todo el mundo le gustan los huevos fritos? Vas a una casa y te dicen que puedes quedarte a cenar, que no es molestia, que te harán un huevo frito. Pues a mí, ¿qué quieren que les diga?, me dan asco...

También se da por hecho que a todo el mundo le gusta el cordero y la merluza congelada. Ya puedes ir a la boda que sea, que uno de los dos platos toca seguro.

Algo que se da por supuesto, en todas partes, es que a la gente le apetece escuchar música. Esperas que alguien se ponga al teléfono, y musiquita. Vas en tren o autobús, y musiquita. Entras en un ascensor, y musiquita. Hay música hasta en los depósitos de cadáveres. Una amiga mía fue a operarse, y lo último que escuchó antes de quedarse dormida por la anestesia fue: «Mami, ¿qué será lo que quiere el negro?»

Damos por supuesto que el campo y el mar son buenos para la salud. Pero no es verdad, y la prueba es que en estos sitios existen las mismas enfermedades que en la ciudad. Yo creo que los médicos se han puesto de acuerdo y se intercambian a los pacientes. Así no se curan, pero se entretienen. El médico de la ciudad manda al paciente al campo para que se oxigene, y el del campo a la ciudad, a que lo vean los especialistas.

Se da por supuesto que el condón es irrompible, y luego viene lo que viene...

Los hombres damos por supuesto que la chica toma anticonceptivos, y en el momento crítico ella dice «Cariño, ponte el preservativo».

Damos por hecho que nuestra pareja nos quiere y nos es fiel. ¿Cómo se va a fijar en otro teniéndonos a nosotros? ¡Cuántos desengaños se producen por un exceso de confianza!

Y damos por supuesto que, cuando le dices a tu madre a la una de la tarde: «Mamá, hoy voy a comer», tendrá preparada para ti tu comida favorita.

En la mili el valor se supone. Al menos eso pone en la cartilla: «Valor: se le supone». Ellos sabran por qué lo hacen.

Todos los hombres dan por supuesto que su mujer funciona con la exactitud de una agenda: «¿Cariño, cuál es el teléfono de mi tía?».

Y las mujeres dan por supuesto que nosotros sabemos arreglarlo todo: «Cariño, la tele no funciona. ¿Podrías echarle un vistazo?».

Las mujeres dan por supuesto que se casarán con un príncipe azul, y todo lo que encuentran son algunos príncipes que aún están verdes.

Damos por hecho que las guapas no se fijan en los feos, y vamos derecho a las que pensamos que nos van a decir que sí. Y también nos dicen que no. Como no podemos entenderlo, nos quedamos con un palmo de narices.

Se da por supuesto que cuando asistimos a una boda los novios van a casarse. Sin embargo, en los últimos momentos entra la duda, y además el cura echa romeritos: «Si alguien sabe de algún impedimento para que esta boda se realice, que hable ahora o calle para siempre». Y encima espera unos segundos, para darle más morbo a la cosa.

Se sobreentiende que cuando recibes una carta o una llamada de Hacienda es para pagar.

Se da por hecho que hay que pasarlo bien en Nochevieja, y suele ser un coñazo de aúpa.

Damos por supuesto que en invierno hace frío. Pero a veces no lo hace, y los abrigos se quedan en los escaparates. La gente sale a la calle igual, con el chaquetón, aunque se muera de calor, porque toca llevar el chaquetón.

Y es que damos muchas cosas por supuestas, demasiadas. Que hay gas en la bombona, por ejemplo. Así que descongelamos los filetes y luego resulta que no queda butano. Claro que, si a uno le gusta la carne cruda…

¡Si hasta damos por supuesto que las noticias que nos cuentan son verdad!

¿QUÉ COSAS HA RECONVERTIDO?

En Italia, unas dos mil personas están en las listas de espera de clínicas y hospitales para hacerse un trasplante de pene. El asunto es mucho más sencillo que un trasplante de riñón o de cualquier otro órgano, porque hay casi tantas mujeres que quieren ser hombres como hombres que quieren ser mujeres, y en cierto modo funcionaría como un intercambio a gran escala. Y si son felices... ¡Como si cada uno quiere ponerse varios ejemplares de distintos tamaños!

Lo importante es que no hay que tirar nada a la basura. Hay que reciclar. A lo mejor a ti no te sirve para nada el pene que tienes, y sin embargo hay otra persona a la que se lo ponen y le solucionan la vida. Esto me hace pensar en la cantidad de cosas que empiezan con una utilidad y terminan con otra muy distinta. Por eso hoy pregunto:

¿Qué cosas ha reconvertido?

Usted no lo sabe, pero puede que se haya pasado la vida reconvirtiendo.

¿Quién, por ejemplo, no ha hecho alguna vez un joyero con conchas de mejillón y de tellinas?

¿Quién no tiene en el comedor de casa una vieira reciclada en cenicero? Oleza tiene la casa llena.

Los mayores recicladores del mundo son los niños y los pobres.

¿Cuántas botellas de Marie Brizard han acabado convertidas en lámpara en las clases de trabajos manuales?

Pues tantas como las de Anís del mono en instrumentos musicales.

Ya no sé si se sigue haciendo, pero mi madre reconvirtió el traje de comunión de mi hermana en unos visillos... Aún recuerdo los gritos de mi hermana.

En esto de la reconversión hay quienes alcanzan altas cotas artísticas. En casa del pobre, por ejemplo, todo pollo acaba en croquetas, y los culos del chorizo en macarrones.

En todas las revistas prestigiosas, como *Teleindiscreta*, hay una sección de reconversión donde todas las semanas dan consejos sobre cómo convertir un tambor de detergente en una papelera magnífica, envolviéndolo en papel de regalo.

Sí señor, otra cosa no tendré en casa, pero papeleras recicladas magníficas...

Hay una etapa de la vida en la que todo hombre que verdaderamente lo es quiere insonorizar su habitación con cartones de huevos. Y, como su madre no le deja, toma dos o tres cartones, los pega en una pared y piensa: «Algo hará».

La gente es muy lista. Aquí el que no corre vuela, y conozco a uno que se ha hecho el chalet con cosas recicladas: la valla con somieres viejos, las puertas de entrada al jardín con ruedas de carro, la mesa del comedor para doce comensales con una puerta vieja, con lo que come todo el mundo menos el que coincide con el pomo, los almanaques de otros años sirven de cuadros y los tambores de detergente de mesitas de noche, si se les da la vuelta. Y es que hay pocas cosas que no pueden hacerse con un tambor de detergente. Hay personas que hasta los utilizan para guardar las lentillas, y así se aseguran de no perderlas.

Esto de reciclar es algo que deberíamos hacer más a menudo, para aprovechar todo lo que tiramos. ¿No es un crimen que los pelos que quedan en la cera de depilar no sirvan para nada? Con esos pelos algunas podrían hacerse un felpudo para la puerta, y eso que se ahorraban. Otras podrían tejerse hasta una manta de Palencia.

Grandes inventos se han hecho gracias a la reconversión. Por ejemplo, en el Vaticano no sabían qué hacer con las cabinas telefónicas antiguas hasta que se les ocurrió convertirlas en papamóviles.

¿QUÉ COSAS LE PASAN CON SU SUEGRA?

Se dice que es bueno que haya niños para echarles la culpa.

También se les echa la culpa a los muertos. No hay más que acordarse de Pedro Toledo, aquel banquero al que le echaron las culpas porque ya el pobre no se podía defender.

Lo último es echarle las culpas a la suegra. Es la moda.

Antes situemos a la suegra, por si alguien no sabe quién es.

La suegra es ésa que el día de la boda siempre quiere bailar contigo el pasodoble de Manolo Escobar después del banquete. Baila como un chompo, y te dice: «Ponte tieso».

La suegra es la que le regala el ajuar a tu mujer, y tienes que dormir toda tu vida en esas sábanas horrorosas con las iniciales de la pareja bordadas. Tú querías unas negras de raso, pero tu mujer dice que tiene muchas sábanas, que no quiere hacer gasto.

La suegra es también la que le regala a su hijo político docenas y docenas de calzoncillos para los diez primeros años de vida conyugal. Apabullado, el yerno se tira diez años con el calzoncillo gris, la camiseta gris, el chándal gris, todo muy sufrido... Hay parejas que se separan sin que él llegue a estrenar todos los calzoncillos.

Algunas suegras en vez del ajuar dicen «el jaguar», pero no estamos aquí para desprestigiarlas, no, no, no.

La suegra es esa persona oportuna que llama los domingos por la mañana cuando estás haciendo el amor con tu pareja - porque no has podido encontrar el momento en toda la semana - y dice: «¿Venís a comer? He hecho callos, como os gustan tanto...»

¡Cómo le gustan a su hija! Porque ella sabe de sobra que a mí no me gustan los callos, es más, me dan asco, y los domingos tengo que comer tortilla francesa.

Después de la llamada olvídate del orgasmo.

Claro que no se sabe si es peor que se presente en persona: «¿Pero qué hacéis todavía acostados? ¿No teneís nada mejor que hacer? Pasaba por aquí y os he traído un tuperware con callos, como os gustan tanto...»

Vale, ahora contaré una de suegra y nuera, para equilibrar.

La suegra es esa persona que le pregunta a su hijo: «¿Qué croquetas te gustan más, las que hace Paquita o las que te hacía yo?»

¿Y que debe contestar aquí un buen hijo? «Las tuyas , mamá. Como tú nadie, mamá. ¿No ves lo delgado que me estoy quedando?»

«Pues ya sabes que la mamá te las hace cuando quieras».

Aunque, bien visto, una suegra es un arma. Siempre se puede decir: «Pues mi madre siempre se las ha apañado para llegar a fin de mes, no como tú.»

Si tienes hermanos llega un día en que tu propia madre, ese ángel, se convierte en suegra, y sufre una penosa metamorfosis. Los ojos se le inyectan en sangre y se le hincha una vena por encima de la nariz. Apenas la reconoces, y empieza a decir cosas como: «Espera que corte jamón, que en cuanto llegue tu cuñado lo primero que dirá será: 'Saca el jamón, Amelia, y una cervecita Mahou'. Tiene que ser Mahou, que si no es Mahou se muere... El coñac lo tengo escondido para cuando vienes tú, Pablo, porque como lo vea...»

Toda suegra auténtica es especialista en genética. Es esa persona que cuando nace un nieto encuentra un rasgo, por pequeño que sea, idéntico a alguien de su familia, a un tío abuelo, ríete del disco duro, la base de datos que tiene una suegra no la tiene ni la CIA...

¿Y por qué el matasuegras se llama matasuegras ? ¿Y por qué la gente en Nochevieja cuando va hasta arriba de vino no para de soplar en ese delicado artilugio? ¿Qué deseo ocultan?

Muchos se preguntarán : «¿Y por qué no hablan de los suegros ?» Buena pregunta, algún día lo haremos..

¿QUÉ COSAS HAY QUE DECIR PARA PASAR POR UN FUTBOLERO?

En líneas generales, siempre lo más fácil.

Si hablamos del árbitro: «El árbitro se tragó el pito», o «No aplicó la ley de la ventaja» o «Es que jugaban con doce».

Ésta se dice siempre: «Este partido es una pachanga».

¿Las habéis aprendido? Éstas son las más fáciles. Pasamos a la lección siguiente.

En el fútbol se gana pero sobre todo se pierde, por lo que hay que ser un experto en excusas. Así que escuchen y aprendan: «La defensa fue un muro infranqueable», «Pensamos que ganaríamos el partido sin bajar del autobús», «Lo que pasó es que los jugadores no sudaron la camiseta», «Las lesiones nos persiguen», «Tenemos overbooking en la enfermería», «Nos han cosido a tarjetas», «Parece que nos haya mirado mal un tuerto», «Los jugadores parecían madres», o «A su portero se le apareció la Virgen, y el nuestro tenía las manos de mantequilla».

También hay otra cosa que se dice del portero cuando no para los goles: «El portero cogió la guitarra... y cantó».

Ésta me gusta mucho: «Los postes también juegan».

Y luego están las excusas de los entrenadores. Las más famosas son: «Jugamos como nunca y perdimos como siempre», «No han ganado ellos, hemos perdido nosotros», «Hemos creado ocasiones, pero no las hemos materializado», «El campo no estaba en condiciones y la suerte nos dio la espalda», «Jugaron más con el corazón que con la cabeza».

Hay auténticas florituras, porque ¿quién sería el primero a quien se le ocurrió este comentario?: «Quitó las telarañas de la portería». Se dice cuando alguien mete un gol por la escuadra.

«Nos hicieron una manita», frase que se pronuncia cuando nos meten cinco goles.

«Se colgaron como murciélagos en la portería». Esto se dice cuando el equipo baja por entero a la defensa...Si no nos gusta un jugador, le aplicamos una frase despectiva: «Ése no le mete ni un gol al arco iris».

Cuando un portero es muy bueno se comenta de él que paró hasta el tráfico.

Y si el gol se mete porque el balón te da a ti en vez de darle tú a él, se afirma que ése es el gol del cojo, o que el jugador le ha dado con la uña.

Como vemos en este cursillo acelerado, para que los que no tienen ni relojera idea de este gran deporte, en el fútbol las cosas nunca se dicen de forma normal. Por ejemplo, jamás hablaremos de estar en el banquillo, sino de chupar el banquillo, y tampoco se nos ocurriría decir: «Al entrenador igual lo tiran», cuando hay frases ya establecidas y mucho más sugerentes, como: «El entrenador está en la cuerda floja», «Este entrenador no se come los turrones» o «El entrenador tiene la soga al cuello».

Los jugadores también tienen que aprenderse frases para las entrevistas que les hacen los medios de comunicación. Esta parte es muy sencilla, porque son muy poquitas: «Para nosotros cada partido es como una final», «Vamos a comernos el césped», «Vamos a dejarnos la piel»o «Esta vez David podrá contra Goliat».

Por último, comentaremos algunos términos imprescindibles. Si uno va a dedicarse a la noble profesión de comentarista deportivo, deberá aprender, para decirlas no menos de una vez por partido, las siguientes sentencias: «El campo es una olla a presión», «Esto es un hervidero», «Está hasta la bandera», «No cabe ni una aguja», «Hay que darle un diez a la afición»y «Este partido va a ser una batalla campal, un partido a cara de perro».

Si no hay ninguno lesionado y juegan todos los titulares, es imprescindible decir «Un once de gala». Y si un jugador comete un error, se dirá: «Es peor que la carne de perro». Por el contrario, si alguien destaca, se comentará gritando: «¡Ese jugador es letal, es un crack, una pieza clave en el equipo!».

Si al final el equipo local pierde, se comentará en tono crítico: «Se les hizo de noche», «El rival se les subió a las barbas», «El vestuario debe ser una bomba en estos momentos», «Acusaron el cansancio» y «Estos no ganan ni jugando al futbolín».

Con estas frases uno puede intervenir en cualquier tertulia futbolera, como un verdadero experto, sin temor a que nadie le diga: «Tú cállate, que no sabes lo que dices», porque de otra cosa no sabremos los españoles, pero de fútbol... Cada español lleva un pequeño entrenador dentro de sí... Esto es todo, muchas gracias, pueden salir al recreo.

¿Qué cosas pasan con los amores de verano?

Los amores de verano son como un cubito de hielo, fresco, tan helado que quema por un momento en la piel, pero luego te la deja fresquita y tensa como un tambor mientras el cubito se derrite.

Los amores de verano, para que sean auténticos, tienen que ser breves y con fecha de caducidad. El subconsciente lo tiene asumido y duele menos.

En cambio, los amores de invierno crean dependencia porque se establecen lazos culturales, se va al cine y se comparte el cucurucho de castañas; él las pela y ella se las come. Cuando una persona te pela una castaña, eso va para largo... Se arrebujan para no tener frío, toman chocolate en una cafetería muy coqueta mientras ven llover a través de los cristales. Todo es tan romántico, en fin, que empuja a una relación estable...

Los amores de verano son divertidos porque te sientes más alocado, sobre todo si no te conocen, y haces cosas raras delante de la chica que quieres ligarte, como volteretas en la arena.

De paso adoptas ese look con el que no te atreverías a salir a la calle en tu pueblo o en tu ciudad: vaqueros con rotos, una gorra de recambios Benito y una camisa Hawai 5-0...

Lo ideal de un amor de verano es ligar en la piscina o en la playa, porque si ligas por la noche en la discoteca, cuando vas todo maqueado, lo que pasa es que al día siguiente, si quedas en la playa, no te reconocen con las chanclas, porque son cinco centímetros menos para ellos y no te digo para ellas sin las plataformas.

Tú te acercas y ella dice: «Lo siento, no quiero pañuelos, gracias». Y tú: «Que soy el de anoche, el que bailaba break».

Si vas a ligar a la discoteca recuerda que hay que llevarse a un amigo, porque las amigas suelen ir en parejas: «Un bombón y una bombona».

Cuando estás en la disco, estás deseando que el disk jockey ponga el Stay. ¿Te acuerdas? «Pónmela otra vez, Sam...»

Y la locura total es cuando ponen Santana...

Los tíos van más calientes que el rabo de un cazo.

El perfecto amor de verano se produce cuando cada uno es de un extremo de un país, uno de Orense por ejemplo y la otra de Murcia, con mucha tierra de por medio, para que se sepa desde el principio que luego va a ser imposible mantener la relación...

Porque si uno es de Madrid y el otro de Segovia, podrán seguir viéndose los fines de semana, y deja de ser un amor de verano y se convierte en un sin vivir.

Así que lo primero es averiguar el lugar de procedencia. Y el horóscopo: «¿Eres Virgo ? ¡Uf, qué metódico!»

Nada de ligar con alguien del pueblo donde veraneas, porque si al año siguiente no quieres continuar y ella sí, te la encontrarás en todas partes.

Hablando del pueblo, los nativos pillan un mosqueo... Sucede que las chicas del pueblo ligan con los forasteros y, si hay forasteras, éstas ligan con los de la capital... Los del pueblo dicen: «Ya llegará el invierno, ya».

Lo mismo pasa con los que van todos los años al mismo apartamento. Están los fijos y los alquilados, y uno siempre se enamora de una alquilada.

Muy importante para ligar en verano es tener moto -imprescindible una Derby Coyote con tubarro-. Si ya tienes moto, lo tienes chupao...

También sucede con las pandillas que se forman en los pueblos de veraneo, que llega un momento en el que todos los miembros masculinos de la pandilla han salido con todas las chicas. ¿Os acordáis de la teoría de los conjuntos? No sé si era la propiedad conmutativa o asociativa... Todos los elementos de A se correspondían con los de B, y había flechitas hacia los dos conjuntos.

En un amor de verano es donde muchos nos estrenamos. Por cierto, ¡qué ruido hacen los besos!, ¿verdad?, y qué manchas te quedan en los pantalones. Si ves que el verano se va acabando y no te has estrenado te entra una desazón...

Conforme se acerca el final del verano os sentís más unidos, no podéis vivir el uno sin el otro.

«¿Me llamarás ?», «Te escribiré tres cartas cada día». Ella se va y te dice adiós mirándote por la ventanilla trasera del coche. En el cassette suena *Amor de verano*... Dúo dinámico.

Ellas escriben siempre cartas de diez folios. Nosotros les telefoneamos una vez. Para que sea un auténtico amor de verano no hay que volverse a ver. Así se puede fantasear sobre lo que podría haber sido y no fue, y cabe soñar con un reencuentro.

¿QUÉ COSAS NOS LLEVAMOS A LA PLAYA?

Se impone una de playas. Ya sé que es duro, pero la actualidad manda.

La playa nos iguala. Es un lugar donde se confunden las clases, y el albañil se convierte en playboy enseñando unos músculosos conseguidos tras largas horas de entrenamiento subiendo ladrillos y haciendo cemento, mientras tú lo más duro que puedes mostrar es un juanete que has encontrado en tus horribles pies llenos de arenilla. Porque ésa es otra: ¡La playa está llena de arena! Hay arena en la playa para parar un carro, pero eso a la gente no parece importarle.

La playa. Carnes al sol, michelines blandos, pulseras antirreuma, gorritos ridículos y sobre todo gente. Hay tanta gente, al menos, como granos de arena.

Uno vuelve a la playa cada verano con la esperanza de que hayan cambiado algunas cosas... Pues no, sigue sin haber sitio para aparcar... La gente se lleva las mesas plegables, la neverita, todo el mundo se apelotona, toalla con toalla, cachete con cachete, y ombligo con ombligo... En fin.

Para encontrar un buen sitio en la playa hay que ir temprano. De buena mañana mandan a la playa a la abuela, desde los apartamentos, para que deje la toalla en la arena. Le dicen que se pasee por la orilla, que es bueno para las varices.

Las abuelas son las auténticas vigilantes de la playa. Se les pone una sombrilla en la orilla y una silla plegable y, ¡hala!, a vigilar al chiquillo...

Si el padre es quien dirige la expedición en busca de un hueco entre la muchedumbre no instalará la sombrilla hasta encontrarse en la proximidad de un topless en condiciones, o en su defecto de un bikini aceptable... Es más, su madre que conoce sus gustos, cuando ve a una tía buena dice bajito: «Aquí va a ser donde pongamos el huevo».

Claro que en compensación del topless está el huevo less, practicado por quienes llevan el mismo bañador de hace diez años, totalmente desbocado. Los hombres tenemos mucho apego a nuestras cosas, y nos cuesta desprendernos de nuestro bañador. «Cuántos momentos, cuántas aventuras...»

Algo con lo que nos volvemos a encontrar en las playas es la pelotita y las paletas. La gente no aprende y juega tan mal como todos los años, y eso que ya llevan décadas jugando en la orilla... Pero no hay forma, no aprenden los negados.

Los que han ido al gimnasio lo rentabilizan, se pasean por la orilla con el «turbo paquete», y cuando pasan por delante de unas tías, todo chulos, como si se hubiesen tragado una regla, introducen de repente una pierna en un hoyo, con lo que hacen el ridículo, o le dan una patada a un castillo. Suenan llantos de un niño, y si se descuidan sobreviene la paliza de la madre.

A la playa hay que ir con un poco de color, por lo que conviene tomar un poco el sol en la terraza. A estas alturas no te puedes quedar en bañador con el blanco tocino, como panza de burro, porque llamas la atención y se te ve desde cualquier parte de la playa: «Paquito, no te pierdas, cuando salgas del agua fíjate, estamos al lado de ese señor tan blanco».

También te tomarán de referencia los cegatos, que se quitan las gafas o las lentillas para nadar, y al salir no encuentran la sombrilla. Pero, si hay un cuerpo lechoso cerca, brillará como un faro...

En la playa, las parejitas se ponen las botas: «A que te pongo la crema», «A que te pillo y te ahogo»...

Los bebés también se ponen las botas, porque se hinchan a comer arena...

Y todos los demás se hinchan a papas. ¿Por qué están tan buenas las papas en la playa? ¿No lo sabéis? Yo tampoco.

Es un hecho innegable de la naturaleza que los hombres se queman más que las mujeres. Sucede que a los hombres no nos gusta ponernos crema, porque pensamos que eso son mariconadas. Todo lo más nos la ponemos a golpes. Así pasa que luego nos quemamos a trozos.

Están quienes nada más llegar se meten en el agua y no pueden dejar en paz a los que no quieren meterse. «¡Cómo! ¿No vas a bañarte, con lo buena que está?».

¿Alguien sabe por qué los chiringuitos están en la parte donde más quema la arena? Vas descalzo y a mitad de camino tienes que ir dando saltos, que pareces la lagartija del National Geographic.

Pero no todo son alegrías en la playa. A veces estás nadando mientras imaginas que eres Tarzán, y que no conviene que te descubran los miembros de la tribu Ungutu, y de repente te roza en la pierna una bolsa de basura, o un montón de plumas de gallina, o una aglomeración de espuma sucia, o cosas peores, y te entra un asco...

Una de las grandes tonterías de la playa es el patinete barca, que sirve para patinar como un loco sin moverse del sitio. ¿Para qué diablos pondrán los pedales? Cuando llegas agotado a donde no cubre te tiras para ver lo que hay en el fondo, pero sin soltar el patín. «Soy Cousteau», piensas inevitablemente. Lo malo es subir otra vez. Como estés un poco gordo ha de tirarse alguien a empujarte el culo...

El tiempo pasa muy despacio en la playa. Una hora dura una barbaridad y te conviertes en una especie de detective. Intentas descubrir el parentesco de los de la sombrilla de al lado, quién es pareja de quién, y no te explicas cómo tías tan buenas pueden estar con tíos tan fofos.

Antes de abandonar la playa quiero rendir tributo a esa gente tan limpia que antes de irse se ducha con jabón y champú ante la vista de todos los que están en la cola, y se abre el bañador para no quede un pliegue sin enjuagar.

¿QUÉ COSAS NOS RELAJAN?

La sociedad moderna ha creado una cosa que se llama el estrés, que te acomete cuando estás muy agobiado y haces muchas cosas. Pero, para contrarrestarlo, esta misma sociedad ha creado el relax.

Así pues vivimos entre el estrés y el relax, sin encontrar el término medio.

El modo clásico es el baño con algas. Ahora venden toda clase de geles y ungüentos relajantes en tiendas especializadas: relajante de piernas, de cuerpo, con olor a menta, olor a rábanos... Te preparas el baño, te llevas un libro y te pones nervioso porque estás todo el rato intentando que no se te moje el libro.

Todavía es más clásico tomarse una tila, o fumarse un cigarro, depende de lo que te tire más... También venden toda clase de artilugios relajantes:

Las bolas chinas, por ejemplo: dos gruesas bolas de las que dicen que al hacerlas girar con una mano te relajas, pero que a mí me ponen algo nervioso.

Artilugios para la mesa del despacho: esas ingeniosas esferas metálicas que penden de un hilo, y que se golpean entre sí. O esos delfines que se balancean, chin, chan, chin, chan, que te ponen de los nervios porque nunca acaban de dar la vuelta.

Objetos de masaje, como un asa de madera con ruedas de la que afirman que si te la pasas por la espalda te deja nuevo... ¡Mentira!

Unas gafas líquidas que se meten en la nevera y que hacen descojonarse a la gente cuando te las pones, porque además son de color fucsia.

Hay gente que se muda al campo porque cree que así estará más relajada. Craso error, porque en el campo nunca se acaba la faena. Tienes que limpiar la piscina, podar el seto, barrer la pinocha, y acabas más estresado que nunca.

Hay gente que intenta relajarse haciendo manualidades, costumbre que puede ser contraproducente si no se es muy mañoso. El pegamento se te desborda, se te pegan los dedos, lo dejas todo pringoso y acabas con un adefesio en las manos y mucho más nervioso que al principio.

Hay cosas que relajan simplemente porque no están:

Los niños, por ejemplo. Cuando se van, uno se relaja de inmediato.

El jefe se va de viaje y toda la oficina respira con alivio.

Tanto tu pareja como tú necesitáis a veces estar solos.

Los vecinos se van unos días, y oye, qué relax.

¿Qué cosas nos relajan?

Echar un buen polvo. Eso relaja cantidad. A ver qué inventan mejor que eso.

Dicen que el incienso relaja, pero a mí me atufa un poco el humo, y además la ceniza de la barrita se extiende a la mínima por encima de la mesa y se pone todo perdido, lo que estresa bastante.

El yoga, que consiste en hacerte un nudo con las piernas hasta que te duelen tanto que se te duermen... El yoga relaja cantidad, sobre todo si hablas en chino, «Ahola me estoy lelajando un poquito».

Relajan los rayos uva con el calorcito y las gafas negras, que te quedas frito en seguida, siempre que no te sude el culo, porque entonces empiezas a resbalarte y pareces la del Centella ése, que se tira encima de la mesa.

Pescar... Por lo visto relaja mucho, pero a mí me pone de los nervios, porque no pican y me «despacencio».

Tengo un amigo un poco guarro que cuando está en la bañera tomando un baño relajante se tira un pedo y dice: «¡Mira, como en el yakuzi!».

No se practica mucho porque en España es de mala educación, pero relaja mucho eructar... Cuando tienes ansiedad y sueltas tres eructos, te quedas en la gloria.

Relaja mucho ir al cajero y ver que tienes bastante pasta en la cuenta.

Relajan los mantras y la música new age, que suena un pajarito y después se oye un chorro de agua. A los dos minutos surge un delfín, y después un coro de niños cantando gregoriano hacia atrás...

¿QUÉ COSAS DE LOS DEPORTES NO ENTENDEMOS?

¿Por qué en las carreras de vallas no pasa nada aunque tiren las vallas? ¿No son carreras de vallas? ¿No debería ganar quien tirase menos? Pues no, gana uno que igual las ha tirado todas. Si hubiese un bajito que pasase por debajo les ganaría a todos...

La halterofilia. Un amigo se pasa la vida levantando doscientos kilos inútilmente, y luego le dices que te suba la lavadora a casa y te dice que no. Entonces, ¿qué utilidad tiene este deporte?

El karate. ¿A qué tanto grito? Encima que les pegan, les gritan... A mí no me parece bien.

Uno de los deportes más raros es el waterpolo. Se pasan todo el tiempo esforzándose por mantener la cabeza fuera. ¿Por qué no se van donde no cubre y juegan allí más tranquilos? Por cierto, ¿cómo pitan los pasos? ¿Vale bucear o es trampa? ¿Hay un árbitro debajo del agua por si alguno le baja el bañador a otro?

¿Se puede entender la esgrima en estos tiempos? ¿Es que no han visto ***Indiana Jones y el arca perdida***?

Además no se ven las espadas, que no se llaman así, sino floretes. Ésa es otra manía de los deportes. A todo le cambian el nombre, al balón le llaman esférico; al árbitro, colegiado, a la camiseta, elástica, y en vez de decir que alguien se ha caído dicen: «No pudo mantener la verticalidad». Ahora está muy de moda que, cuando dos jugadores están luchando por un balón, digan que «el balón está dividido». Pero, ¿cómo va a estar dividido el balón? No rodaría.

¿Qué cosas de los deportes no entendemos ?

El lanzamiento de martillo. ¿Qué utilidad en la vida tiene el lanzamiento de martillo? ¿Acaso hay lanzamiento de Black & Decker? ¿Y lanzamiento de destornilladores? Entonces, ¿ por qué hay lanzamiento de martillo y qué sentido tiene un deporte en el que se desarrolla un solo brazo como un jamón y el otro queda como una salchicha?

Muchos estarán pensando que soy un ignorante. Muy bien, explíquenme cómo se juega al béisbol ¿Qué hacen esas personas en las esquinas con la máscara puesta *de El silencio de los corderos*? ¿Y cómo se puntúa exactamente?

En el hockey sobre hielo, ¿por qué vale ir por detrás de la portería? ¿Dónde se ha visto? Y la portería es tan pequeña que no cabe ni el portero... Menos mal que la del fútbol es más grande, que si no no meterían ni uno.

¿Es deporte el automovilismo?, pregunto. Si van siempre en coche, y ni siquiera ejercitan los músculos... ¿Y el tenis? ¿Por qué cuentan así? Quince, treinta, cuarenta... ¿qué progresión siguen? ¿Y cuando de repente uno dice *dius*, qué significa? Un catalán diría: ¿Qué dius?... Por cierto que en el tenis, si aplaudes las faltas del contrario, la gente te mira con mala cara. En el tenis sólo se aplauden las buenas jugadas, las haga quien las haga.

Ahora los que empiezan a practicar un deporte se apuntan al pádel, que no lo entiende ni la mádel, y que no es otra cosa que la versión moderna del badminton, dos personas pegándole raquetazos a un salero.

¿Por qué las mujeres siempre andan enseñando las bragas en los deportes? Lo mismo da que hagan patinaje que tenis, las bragas siempre al aire...

No sabremos de tenis pero todos conocemos el *passing shot* de Arantxa Sánchez Vicario y sus bragas blancas...

El golf, palabras mayores, hay que ir callado como a misa, y aunque te coloques en un sitio donde te puedan dar un pelotazo, no van a avisarte porque no se puede gritar, y cuando uno dice *verdi* te dan ganas de decir *amarilli*.

El ciclismo, porque está lleno de misterios incomprensibles para los no aficionados, como el de que haya alguien que no gana ninguna etapa y sin embargo sea el líder de la clasificación general.

Queda claro que el deporte va contra la lógica, y además de contribuir a la tendinitis y rotura de menisco, te obliga a abstenerte del sexo y de salir de copas con los amigos... Yo esto no lo entiendo. ¿Qué cosas, verdad?

¿QUÉ COSAS NOS GUSTARÍA QUE INVENTASEN EN EL SIGLO XXI?

Se ha inventado un nuevo método para sacar dinero del cajero automático con el que podremos olvidarnos de las tarjetas de crédito y del rollo de si la pierdes o si no te acuerdas del número secreto. Con tener ojos será suficiente. La cámara del cajero hará una foto digital del ojo, la comparará con su base de datos y en sólo dos segundos reconocerá a la persona, aunque lleve gafas o lentillas... Me imagino a los ladrones de cajeros cuando te quieran robar diciéndote: «Abre el ojo», y tú: «¡Que no!». Es que no se para de inventar. Por mucho que nos imaginemos cómo será el siglo XXI, seguro que nos quedamos cortos. Ahí está Julio Verne, que fue el cerebro más fantasioso del siglo XIX, y ni a él se le pasó por la cabeza que a los humanos de este siglo nos daría por meternos silicona en el cuerpo para rellenarnos, o ponernos anillos en el ombligo o una mariposa en el culo...

¿Qué pasará en el siglo XXI en este planeta tan original? ¿Qué cosas se les ocurrirán a los japoneses? ¿Viajará la gente a saltos? ¿Nos tomaremos una pastilla y podremos trasladarnos de un punto a otro de la ciudad de un brinco, sin atascos? Éste sería el invento que más les gustaría a los hombres a los que he preguntado. Sin embargo, el invento más apreciado por las mujeres sería que existiese algo para que los hombres aprendiesen a planchar.

Estaría bien, por ejemplo, que inventasen un pan de sabores para que no tengamos que meter nada en el bocadillo. Ya lo hacen con las aceitunas con sabor a anchoa, pues que hagan un pan con sabor a jabugo.

¿Qué cosas nos gustaría que inventasen en el siglo XXI?

Un mando a distancia para camareros, que se apretase un botón y viniesen corriendo... También estaría bien que se pudiesen rebobinar los camareros, para cuando estuvieses aburrido.

Un traductor de perros... Y así sabríamos lo que quieren decirnos cuando dicen guau.

Un tetatrón, que sería como el tauritón pero para las tetas, cómodo y rápido, sin operaciones...

Una goma para borrar la grasa localizada y la piel de naranja... «Mari, déjame la goma, que me ha salido una cartuchera.»

Un aspirador de virus, de modo que cuando estuvieras constipado te lo pondrías por un momento en la nariz... ¡Fiuuufiuuu!, y a funcionar.

Un vídeo inteligente de verdad, no como los de ahora que no hay quien los entienda, al que podrías decir: «Grábame la película de las dos, pero sin la publicidad».

Un rascador en el marco de las puertas. La gente normalmente se rasca en los marcos de las puertas, y se mueve hacia arriba y hacia abajo. Pues no, que sea la puerta la que se mueva y te rasque.

¿Qué cosas nos gustaría que inventasen en el siglo XXI?

Todos querríamos que se descubriese el colesterol que no engorda y que se hiciesen con él chorizos y morcillas, y paletillas de cordero.

Ya sé que lo que todas las mujeres desean es un depilador barato y definitivo, y los hombres un crecepelo, que parece mentira. Vergüenza debería darnos, a estas alturas, observar que en los albores del tercer milenio todavía hay calvos. Claro que ya se ha inventado eso de que te hacen una raja en mitad de la cabeza y te estiran la piel, y te ponen los pelos de los lados arriba... Este invento hay que mejorarlo... Y la propecia también.

Puede que no den con el crecepelo, pero a lo mejor a fuerza de mezclar cosas inventan las plantas con patas, y consiguen que los geranios, cuando estén secos, vayan solos a la pila a regarse.

Los que nos sorprenderán seguro serán los diseñadores de moda., ¿Qué inventarán después de las blusas transparentes y de los vestidos con un pecho fuera? A mí sólo se me ocurre una cosa que dejar al aire, pero no creo que se atrevan.

Los inventos son los que cambian nuestra vida. Hay un antes y un después del microondas, hay un antes y un después de las sábanas ajustables. ¿Qué inventos nos reserva el próximo siglo ?

¿Que las capuchas del boli bic tengan sabores para cuando las chupemos? ¿Que haya de una vez cigarros sin nicotina? Porque ahora la tienen, aunque sean light, ultra light, y light lo light lo light.

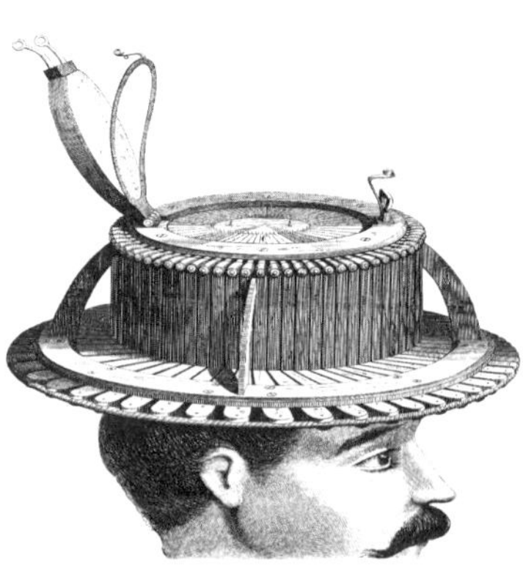

¿QUÉ COSAS PASAN EN LOS MUSEOS?

Los museos son como una espina clavada en las vacaciones, porque tú te vas a París y lo que te apetece es pasear por las calles y los bulevares, pero si no vas al Louvre y a los Impresionistas se te queda como un cargo de conciencia, y vas a verlos el último día de correprisas... Un museo es como una iglesia. La gente habla bajito, anda despacio y pone cara de interés aunque le importe un pito lo que tiene delante. Mi pregunta es, pues: ***¿Qué cosas pasan en los museos?***

Que al cuarto de hora ya te quieres ir... Pero ¿cómo vas a perderte «Las tres gracias»?, y, ¡hala!, te tragas todo el Prado...

Y con el brazo detrás de la espalda, para no tocar... Ésa es otra, ¿por qué no se pueden tocar las obras en los museos? ¿Acaso no se besa al santo en las iglesias aunque se desgaste...? Apetece mucho tocar ese grumo de pintura que sobresale.

Otra cosa que me llama la atención de los museos son los ujieres... No son como los demás ujieres, se les supone otra cultura, tienen cara de catedráticos ¿verdad?, y del mismo modo que los perros y sus dueños terminan pareciéndose, el ujier termina pareciéndose al tío que sale en el cuadro más cercano a su silla. Por ejemplo, a los que están en la sala del Greco se les alarga la cara, les salen orejas y se les pone un color como verdoso... Fijaos, no es broma... ¿Y la marcha que llevan? ¡Qué alegría, qué ritmo llevan en el cuerpo! Se mueven menos que un lagarto.

Además los ujieres te están vigilando. Si hay poca gente te da corte saltarte un cuadro, porque parece que vayan a llamarte la atención: «¡Yeeeeh, patrás!».

También puede pasarte que vayas de culto a un museo. A mí me pasó en la National Gallery de Londres, que, cuando ya lo habíamos visto todo, entramos en una sala donde había unos cuadros abstractos que eran mamarrachos... Todos dijeron que qué horror, y yo haciéndome el interesante les dije: «Tíos, es arte moderno, haced el favor». A la salida vimos un cartel donde se leía: «Exposición infantil».

¿Quién no se ha pegado a un grupo con guía para repelar algo? Es muy bonito el mundo de los guías. A su lado siempre hay un pesado que no para de preguntar cosas. Y ves como al guía se le están hinchando las narices.

Los museos suelen tener horarios raros, no sé qué ocurre, pero siempre que vas están cerrando, o de obras, y cuando vas a disfrutar de una obra resulta que la han cedido a otro museo...

En los museos podemos ver al conocido turista cangrejo que camina hacia atrás, y que, además de mirar los cuadros y los rótulos, inspecciona el techo.

¿Qué cosas pasan en los museos?

En las parejas que visitan el museo siempre hay uno que va explicándole al otro. Y hay quien quiere encontrarle una justificación a todo, aunque no tenga ni idea. Ven un sarcófago y dicen: «Mira qué bañeras tenían los romanos».

Siempre encontraremos a gente sentada en un banco fingiendo que contemplan extasiados un cuadro. ¡Es mentira! Están descansando, la mirada no es de éxtasis sino de alivio. Se han sentado simplemente porque no podían andar más.

Me encantan los museos paleontológicos, porque están llenos de sorpresas, y contienen dinosaurios enteros reconstruidos a partir de una sola vértebra. Y también los museos de prehistoria, donde hay vasijas, puntas de flecha y cráneos trepanados.

La reina del museo es La Momia. Museo con momia, éxito seguro... Si tenéis una momia montad un museo, aunque sea de botijos. El éxito está garantizado.

A la salida del museo te compras una lámina de Van Gogh y una camiseta XL de Leonardo da Vinci o Miguel Ángel.

Museos hay de lo que queráis. Por ejemplo, de miniaturas. Ahí pueden verse Las Meninas pintadas en una lenteja, el Gernika en un palillo, o un discurso de Fidel Castro en un grano de arroz.

Los museos de cera dan entre miedo y risa. En ninguno faltan un tío en una silla eléctrica, el Papa y Enrique VIII y sus esposas.

En los museos de cera siempre hay un tío parado que parece muy bien hecho, y que se mueve cuando lo tocas porque es un señor de verdad.

Un tipo de museo que está ganando adeptos y que supera incluso el de las momias es el museo de los horrores, que muestra aparatos de torturas de todos los tiempos... Aunque si tengo que quedarme con un museo me quedo con el museo del jamón, donde están los jamones colgados, y aparte de verlos, te los comes. Eso sí que es un buen museo.

COSAS QUE ODIAMOS DEL OTRO SEXO

Aunque te mueras por sus huesos, aunque suspires en su ausencia, siempre hay alguna cosa de tu pareja que no soportas.

Ellas odian que las llamen guapa, bonica, ¡reina! Ellos odian que los comparen con un antiguo novio.

Ellas odian que él las llame histérica, loca... Ellos odian que ellas les metan los pies helados entre las piernas, aunque hay quienes dicen que esto es un derecho conyugal. Por cierto, ¿por qué las mujeres siempre tenéis los pies tan helados?

¿Qué cosas odiamos del otro sexo?

Ellas odian que ellos presuman de no tardar nada en el cuarto de baño, y ellos odian que ellas vayan a mirar cuando hacen pis. ¡Pero qué manía más tonta que tenéis!

Ellas odian que dejen la pila llena de pelos al afeitarse, y ellos odian que ellas les cojan la maquinilla para afeitarse las piernas...

Ellas odian pedirle a su pareja que les ponga bronceador en la espalda y que él lo haga de mala gana (a trompicones, y con prisas), y ellos odian que les metan mano cuando están viendo el fútbol.

Ellas odian que les digan cosas como: «Tienes las tetas como dos melocotones». ¿Qué pasaría si ellas les dijesen que tienen los huevos como dos kiwis? Él odia que ella haga topless...

Ella odia que él haga gimnasia en la playa, él odia que ella se ría fuerte cuando están en un local público.

Ella odia que le diga a todo que sí cuando está viendo la tele. «¿Me queda bien esté vestido?».»Síííí», y él odia que ella le llame cosita o tigre delante de la gente.

Ella odia que él se haga el muerto cuando llora el niño. Él odia que ella caiga enferma, y que pille cosas como la gripe, y le tengan que llevar el zumo a la cama, y se meta su madre en casa a organizar.

Ellas odian que les corrijas cada cosa que hacen cuando conducen. Ellos odian que ellas muevan el espejo retrovisor, y que encima le llamen espejito... ¡Y tampoco me gusta que toquen la radio del coche! Perdón, me ha entrado un ataque.

Ella odia comprarse un suéter nuevo y que él no le diga nada. Te dicen: «Aunque me pusiese un geranio en la cabeza, no te darías cuenta». Ellos detestan ir de compras y que ellas se paren en todos los escaparates. Veamos, si van a comprar un pantalón, ¿por qué se paran en una zapatería?

Ellas odian que ellos nunca sigan el guión de la película que ellas se imaginan (Ahora llegará, me dará un beso, me dirá que me quiere, nos iremos a cenar), y luego llega él, se tira de cabeza en el sofá, y no dice ni mu... Él odia que ella diga que es poco romántico.

Los hombres no soportamos que ellas se pongan enfermas y se acuesten, cuando nos hemos dado un baño de dos horas con aceite y sales, y queremos guerra... Si nos piden una aspirina se la tiramos de mala gana. ¡Qué oportuna!

Te molesta que quiera que dobles los jerseys de una forma determinada. No puedes doblarlos al revés. ¿Por qué? Te irrita que ella te hable a gritos desde la otra punta de la casa. Sólo oyes mamarrachos, y acabas contestando mamarrachos...

¿Por qué nos molesta que nos toque en público, y sobre todo que nos toque delante de mamá?

Si ella ya tenía perro antes de conocernos, nos fastidia el perro...

Le molesta que salpiques el espejo cuando te lavas la cara, saben incluso si la gotita que hay arriba del todo es tuya. ¿Acaso comparan el ADN?

¿QUÉ NOS GUSTA NUEVO, Y QUÉ DE SEGUNDA MANO?

La locura millonaria en la que entró Luis Roldán le llevó a alicatar los cuartos de baño de su casa de Madrid con mármol de Carrara.

Pese a la excelente calidad del mármol, el nuevo propietario de la casa de lujo ha decidido cambiar las paredes de los aseos y poner... Porcelanosa, o algo moderno, que el mármol está muy antiguo, ahora se lleva mucho en lápida, pero en baños está desfasado.

Y es que no siempre nos gustan las cosas que ya usaron otros... Aunque hay gente que sí le saca partido... Un vecino ha recogido el mármol de la basura que el otro tiró y se ha fabricado una mesa con él, y está tan orgulloso.

¿Qué nos gusta nuevo, y qué de segunda mano?

Empiezo con una noticia que he visto en la NBC. Toyota está desarrollando un coche con doscientas piezas menos que el coche medio. ¿Esto es nuevo?, pregunto.

A un coche con doscientas piezas menos en España le solemos llamar «coche de segunda mano». Porque cuando te lo dan dices:

«¿Dónde está la radio?», «¿Dónde está el gato?», «¿Dónde está la rueda de repuesto?», ¿Dónde está el mechero del cenicero?».

El coche nos gusta nuevo... Por eso en California inventaron un ambientador que olía a nuevo, se lo ponían al de segunda mano y lo vendían a los cinco minutos.

Ahora lo han prohibido por ilegal, porque era una forma de timar.

Por lo visto, el coche en vez de volante llevaba una palangana, pero la gente decía: «Me lo quedo, qué maravilla, está de trinqui». Y el vendedor tenía que empujar para que arrancase, mientras el otro sacaba la cabeza por la ventanilla. «¿Garantía?», «Ninguna, no garanty», «Oh my god».

¿Y la pareja ? ¿Cómo queremos la pareja ? Muchos tíos quieren ser ellos los que planten la bandera por primera vez, como si la chica fuera el Everest. «Aquí fui el primero».

Pero bien mirado es mejor que la pareja sea seminueva.

Porque así ya sabemos que a ellas les molesta que dejemos los calzoncillos por el suelo, y ella ya sabe que a él le revienta que ella se deje las medias mojadas dentro de la ducha, que cada vez que entra él con prisas se le quedan en la cabeza como dos coletas... Eso si son medias, porque si son enteras parece un árabe... ¡Amalico Salam !... Con la pareja seminueva lo seguimos haciendo, vale, y nos sigue tocando las narices, ¿verdad? Pero se lleva mejor.

Lo que no mola nada es conocer a la primera mano...

Si tuviésemos un botón para que estallase lo apretaríamos sin dudarlo.

Un número de teléfono de segunda mano no mola nada. Te dan el número que tenía antes Frutas Marimón... Acabas dejando en el contestador: «No somos Frutas Marimón, si quiere dejar un mensaje a Juan y Pepa, hable después de la señal». Pero la gente es terca y va a la suya. «Oiga, que llamaba para saber a cómo tienen los melocotones», ¡Piii!, «Oiga ¿las peras son tendrales?», ¡Piii!, «¡Qué cachondo eres Marimón, que vamos a salir en carnaval y queremos unos racimos de plátanos para hacernos unas pelucas», ¡Piiii!

Los padres tienen cosas que no son de segunda mano, pero lo parecen. Por ejemplo, el bañador. Los padres se compran uno para toda la vida... Vas a su casa y te dicen: «¿No te bañas ?», «No he traído bañador», «Yo te dejo el mío...» Y cuando te tiras con eso al agua, se hincha por abajo, y empieza a entrar agua de tal forma que parece que te hayas caído con un paracaídas a la piscina.

Hablando de padres, a ellos no les importa llevar gafas de segunda mano. ¿Os habéis dado cuenta de que se las intercambian ? Se las pasan de unos a otros... Cuando van a leer algo cogen las primeras que pillan... ¿Sabéis que en los mercadillos venden gafas graduadas y que se las compran sin ir al oculista ?

De pequeños no nos importaba que el chupachup fuese de segunda, y el chicle menos, y eso que a veces estaba mascado con un kiko... De ahí salió la idea del Ferrero Roché...

Y ahora para compartir el cepillo de dientes antes tienes que haber compartido la cama.

Una casa de segunda mano nunca nos acaba de convencer... Siempre pensamos que quienes la ocuparon antes eran unos raros. ¿Cómo podían tener una fuente en el recibidor con patos de plástico? En seguida la queremos quitar, para poner nuestro sello, que es una lámina de Zobel enmarcada...

Lo que no mola nada son las camas y los colchones de segunda mano... Para eso somos muy tiquismiquis, tus ácaros son tus ácaros y no quieres rejuntarlos con otros. Oye, cada uno en su casa y God en la de todos... Y que a mitad de noche se líen a bofetadas y que tengas que llamar al 091. «Oiga, quiero denunciar una reyerta de ácaros...»

La gente se podría clasificar entre triunfadores y perdedores, o entre los que estrenaron traje el día de la comunión y los que llevaban el de su hermano. A ti no te mola nada, porque haces la comunión precisamente por el traje, y el que te quieren poner está tan amarillo que pareces el capullo de un gusano de seda... «Pero no te preocupes, cariño, que la mamá lo llevará a la tintorería». Y lo devuelven con todos los galones de capitán maltrechos y sin silbato, que en vez de un marinero pareces uno de los Village People. Las antigüedades son y deben ser de segunda mano, que hay gente que no lo sabe. Algunos venden la mesa de caoba de la abuela por cuatro duros y se compran la librería moderna de conglomerado chapado.

Si te gastas todo el dinero en unas botas de esquí, el mono tienes que comprártelo en el mercadillo, en un puesto que está al lado del de las gafas. Los monos del mercadillo tienen pedigrí. Puedes soltarlos en una pista de esquí y la bajan solos.

Si el cigarro es de la chica que te gusta, mola que sea de segunda boca.

La paella de bar suele ser de segunda mano. Cuando te ponen el plato te das cuenta de que aquello es un collage... Ya ha estado antes en otros platos, a la gamba le faltan las patas, en el plato de al lado hay medio macarrón que cuadra con el tuyo...

Ganas te dan de juntarlos y de decir: «¡Shazán!»

Y, cuando llega un nuevo jefe, los trabajadores dicen: «¡Oh my God!, ¿le gustará el personal de segunda mano?»

Lo que seguro hace el nuevo jefe es cambiar los muebles del despacho, y si no hay presupuesto cambia la mesa de sitio; si estaba al lado de la ventana, la pone enfrente, y si estaba enfrente, la pone al lado. Y le da el poto a la secretaria: «Esto para usted».

¿EN QUÉ LUGARES SE REÚNE LA GENTE AUNQUE NADIE LO ORGANICE?

La gente acude como por ensalmo a las obras de la calle. Las obras son un imán poderoso para atraer multitudes, y más aún las que tienen excavadora. No en vano la excavadora es la Claudia Schieffer de las máquinas. De repente se rompe una tubería del gas o una alcantarilla, y hay uno que dice: «Ya lo he dicho yo, que ahí no podía meter la pala», y ver destrozar la acera también da gusto...

Un lugar donde nos reuníamos de niños: la papelera de la clase. Iba uno a sacar punta, «¿seño, puedo ir a sacar punta?», y enseguida se formaba una melé, dale que te pego rompiendo minas...

Y las escaleras a la entrada de los institutos. Un estudio hecho en Harvard ha demostrado que estas escaleras están imantadas y atraen los culos, yo he pasado a las cuatro de la mañana y hay gente sentada.

En los servicios de las chicas siempre hay reunión, y no sólo en los públicos, también en el de casa. El baño es un lugar donde las mujeres se juntan y se ponen a hablar de sus cosas, se encuentran muy a gusto y casi sin darse cuenta se quitan un pelo de la ceja, se revientan un granito.

¿En qué lugares se reúne la gente sin que nadie los convoque?

Todos se paran para atarse el zapato en la parte de atrás de los quioscos, donde hay revistas porno, y al final aquello parece una parada de autobús.

Los campings nudistas, las vallas que los limitan tienen unos agujeros, que no son de adorno, hechos con un berbiquí. Allí los mirones se amontonan en verano. En las películas una cosa que concentra mogollón de gente son los intentos de suicidio, cuando alguien se quiere tirar desde una cornisa y todo el mundo está abajo mirando, esperando y sin hacer nada.

Por cierto que en los United States, uno de los sitios preferidos para las reuniones no convocadas son las lavanderías, donde también se liga...

En la consulta del médico para sacar recetas hay una personas que son fijas. A mí me contaba un médico de mi pueblo que él siempre tenía a cinco o a seis para sacar recetas, y un día uno de los fijos, un tal Cristóbal, no apareció. «¿Dónde está Cristóbal?», preguntó el médico. «No ha podido venir, es que está enfermo», le contestaron los otros.

No podemos olvidar el rellano de la escalera, alguien que sube, alguien que baja, otra que abre la puerta para limpiar el «wellcome», una que iba a la terraza a tender. ¡Tertulia!

Hay gente equivocada que puede llegar a pensar que la discoteca es un lugar de reunión, pero se equivocan. Los lugares donde la gente se reúne son la puerta de la discoteca, y el párking de la discoteca...

Lo mismo pasa con los pubs, todo el mundo se queda en la puerta. Y con los comedores. Se supone que la familia tiene que reunirse en el salón comedor, pero se juntan en la cocina.

La cámara de televisión, parece que la gente la huela. Es ver la cámara y acercarse, dar saltos, hacer caras, saludar... La tarea más complicada para un corresponsal no es dar la noticia, sino evitar que se le ponga un idiota detrás haciendo el mono...

La gente va a la lotería, a la delegación o al bar donde toca, a beber champagne aunque no le haya tocado, y a sentir envidia. Estos insensatos creen que igual se les pega algo, que como han tocado cien millones, igual reciben alguno...

¿QUÉ COSAS HACEN LOS PADRES?

Ya sabéis aquel tópico de que hasta los seis años crees que tu padre lo sabe todo, desde los siete a los diez piensas que lo sabe casi todo, cuando entras en la pubertad tu padre no sabe casi nada, y en la adolescencia «es que no se entera el hombre, está en la parra...». Cuando llegas a la madurez vuelves a consultar a tu padre, y a veces ya es demasiado tarde, y piensas «si estuviera mi padre...»

Hay una etapa de verdadera admiración hacia el padre cuando eres niño. Si es camionero queremos ser camioneros, si es del Valencia queremos ser del Valencia. Te gustaría llevar el llavero por fuera del bolsillo como él, y te encanta su coche aunque sea una birria porque es el coche de tu padre, aunque lleve una funda de leopardo en el volante y un perrito que mueve la cabeza en los baches...

El padre es el que un día te regala una bicicleta cuando tienes ocho años y te quiere enseñar a llevarla, y se sube, y aunque no cabe se despatarra y empieza a pedalear que le llegan las rodillas a la cabeza, y tú piensas «me la va a aplastar», pero no le puedes decir nada, porque te la ha comprado él, y además es tu padre.

El padre es una persona a la que decimos que queremos tanto como a la madre cuando nos preguntan : «Y tú, niño ¿a quién quieres más, a tu papá o a tu mamá?», «A los dos por igual»... Si supieran el conflicto interior que surge en un niño cuando le hacen esta pregunta, no la harían...

El padre es ese señor que pone la oreja en la barriguita de la madre para escuchar tus pataditas... Y también es el que te firma las notas y te deja sin paga, y por lo tanto un arma de las madres, que cuando haces algo malo te dice, «¿A que vas a ver a tu padre?»

El padre suele bailar mal, y cuando baila con tu madre ella le dice que parece que está pisando huevos...

Y cantar... Bueno, la mayoría de los padres desafinan un poco, cosa que gusta mucho a los hijos porque se descojonan.

Los padres suelen tener algunas fijaciones:

Por ejemplo, la de guisar los domingos. Los demás días, aunque se hunda el mundo, son incapaces de freír un huevo para la cena. Pero los domingos... ¡tiembla, fregadero !... porque es común en el padre utilizar muchos recipientes...

También cocina cuando se va al campo, porque todos los padres bordan la paella, aunque sean de Burgos.

Siempre se ha dicho que el mejor amigo del hombre es el perro, pero no es cierto. El mejor amigo del hombre es el sofá. Otra fijación del padre.

Tengo que decir que los auténticos expertos en níscalos y todo tipo de setas son los padres. Y también son expertos en espárragos. Cuando eres pequeño se empeñan en llevarte al campo a enseñarte. Y te dicen cómo se llama cada árbol o cada matorral. Yo recuerdo una frase de mi padre que me dejó impactado... me miró a los ojos y me dijo... «todo bicho que es bicho el lagarto se lo come», a lo mejor es un koan budista (enigma para agudizar la concentración).

Y por supuesto una fijación común de todos los padres es cargar con la cámara de vídeo, lo graba todo y tiene una colección insoportable de «eventos familiares».

El padre, aunque presuma de lo contrario, carece de capacidad de decisión. Cuando se le pide permiso para hacer algo, siempre dice: «Pregúntaselo a tu madre». ¿Delegación de responsabilidad tal vez ?

Tu padre es ése que cuando haces algo mal o que no le gusta habla de ti a tu madre diciendo «tu hijo es un vago» y «toda la culpa la tienes tú, que lo has malcriado».

El padre vive un poco en la inopia. Tu madre te hace cómplice cuando compra algo. «A tu padre no le diremos cuánto nos ha costado, ¿eh ?»

Además el padre es más conformista, se le puede regalar cualquier cosa. Muchos padres lo confirmarán, un cenicero hecho con sellos, un par de calcetines, un cartón de tabaco...

El padre influye en el tierno cerebro de su hijo para que les pida a los reyes un tren eléctrico, el que hubiese querido tener él de pequeño. La mañana de reyes se la pasará montando el tren sin permitir que su hijo toque nada.

En definitiva, el padre es esa persona que quiere lo mejor para ti, y a la que cuesta un poco más decirle te quiero porque el papel que le ha tocado en la vida es tal vez demasiado rudo... «Te quiero, papá».

¿QUÉ COSAS HACEMOS PARA COMBATIR EL CALOR?

El calor, según los andaluces, se divide en cuatro estadios, a saber:

El caló, la caló, los calores, y las calores...

¿Os habéis dado cuenta de que todos los años tenemos un día que es el más caluroso del siglo?

En verano nos quitamos hasta las joyas, pero siempre hay alguno que se deja la cadena colgada del torso.

Yo no sé si las mujeres se quitan pelo del cuerpo para tener menos calor, pero cada vez hay más hombres que se depilan y se quedan peladitos como un huevo...

Hay que evitar las cosas que dan mucho calor, por ejemplo, el embarazo, ese barrigón de nueve meses a pleno sol, eso tiene que dar un calor... Es mejor la barriga en invierno...

Otra cosa muy mala para el calor son las tetas. Las tetas hacen sudar, aunque ese sudor debería de comercializarse... Los pliegues del cuerpo también te sudan, los michelines y otros pliegues de los que no hablaremos... Y el wonderbrá, esto también debe de hacer sudar con todos esos espumones. Desde aquí recomendamos ir sin sujetador, bien fresquitas...

Hay que evitar el sofá de skay. Normalmente se pone una sábana, una toalla, o una funda, que estás todo el rato poniéndola bien porque se resbala...

En la radio hay que evitar los auriculares de otros, y en casa el estofado de lentejas. Si tu madre hace uno, le dices que se ha vuelto loca.

Estudiar es muy malo cuando hace calor. ¿Habrá tortura más grande? Con el calor que da el flexo... Te suda el culo de estar tanto rato sentado, y las manos por el calor y el susto del examen. Una cosa que no hay que hacer nunca cuando estás estudiando es rebañarte el sudor de la rabadilla para ver lo que estás sudando, porque eso te agobia más y te da más calor, y menos todavía enseñárselo al de al lado: «Mira, mira cómo sudo».

Con el calor se derriten los supositorios, y hay que ponerlos en el congelador... Hay gente que pone la cara también cuando ya no puede más.

No hay que ir al campo, porque el cricri de los grillos agobia y da más calor...

¿Qué cosas hacemos para combatir el calor?

Pues si vamos en coche sin aire acondicionado hay gente que saca los pies por la ventanilla, que en seguida te dice el otro: «¿Quieres hacer el favor de meter los pies?»

Con el calor la gente no se corta. Si sales al balcón por la noche siempre te encuentras a un hombre en camiseta de sport, y las mujeres se hacen aire con la falda y abren el escote y se lo abanican... Y hay una cosa que me gusta mucho, y es cuando estás en casa con el ventilador que va girando, ese gustito que te da cuando llega, «que me llega, que me llega, que se va, que se va...»

Lo que no entiendo es que la gente vaya a tomar el sol con el calor que hace, con lo bien que se está a la sombra... Ahora hay unas cremas que te las pones y al día siguiente estás amarillo...

Hay gente que para combatir el calor se pone por casa una chilaba modelo Rappel, que se compró en Marruecos, que cada vez que te sientas se te ven los huevos. Yo aconsejo a los de la túnica que lleven atados en los tobillos unos ventiladores de Todo a Cien, que tienen que dar un gusto...

También hay que evitar:

Llevar el periódico en la mano, porque cuando hace calor es un suplicio. Acaba todo mojado y te manchas.

El paquete de tabaco es otra cosa que da calor. Lo lleves donde lo lleves, se te queda un cuadrado colorado...

Desaconsejamos dar la mano a nuestra pareja. Y en la cama, cada uno a su parte.

Cuando haces el amor con calor aparece un ruidillo característico: chof, chof, chof... Y todos sudados nos ponemos el ventilador en la retambufa y acabamos con lumbago...

Queremos mandar desde aquí un recuerdo a quienes más sufren en verano...

Los que están en la plancha de los bares, los panaderos, los albañiles, que parecen conguitos, los taxistas, las planchadoras de las tintorerías, los que venden refrescos con un cubo en la playa, sin olvidarnos de los que se mueren de frío en verano, los dependientes de los grandes almacenes y los de los mortuorios de los hospitales...

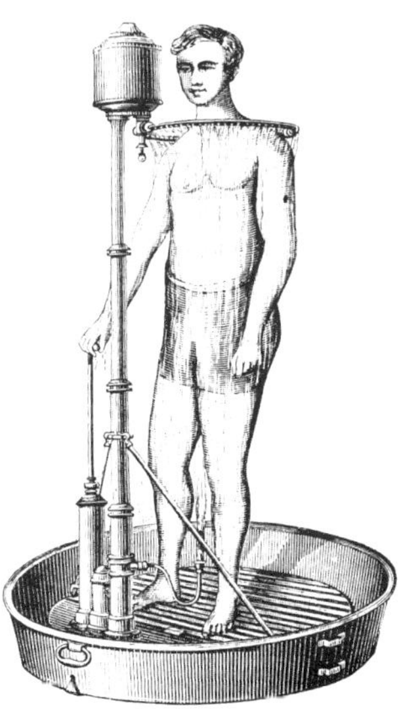

¿QUÉ COSAS PASAN LAS PRIMERAS VECES?

Siempre hay una primera vez en todo.

La primera vez que fuiste solos al colegio porque ya te considerabas mayor. Tu madre te seguía sin que te dieras cuenta, para ver si hacías bien el camino, y a la salida venía a recogerte y tú no querías, y le decías que se fuese...

El primer amor, yo estaba aprendiendo a tocar la guitarra y a las dos venía la Mari, que siempre me miraba y me sonreía, toda mi vida giraba en torno a esos tres segundos de sonrisa, la Mari tenía la mirada que tienen las gitanas, y yo tenía tanto amor dentro, que grabé una cinta de noventa diciendo todo el rato: «Quiero a la Mari, quiero a la Mari, quiero a la Mari...». Una noche vinieron a cenar a mi casa, el profesor, su mujer y la Mari, y a mi padre se le ocurrió poner una grabación mía tocando entre dos aguas y empezó a sonar aquello en medio del comedor: «Quiero a la Mari, quiero a la Mari, quiero a la Mari...» Nunca le di ni un beso.

El primer beso, que lo ves en las películas y al principio practicas con el brazo, la parte interna del codo si doblas el brazo hacia arriba parecen unos labios, cuando llega la hora de la verdad te desilusiona bastante, porque tú empiezas a mover la cabeza como en las películas y no pasa nada. Ni chispas, ni fuegos artificiales, ni nada, todo babas...

Compramos un paquete de cigarrillos, nuestros primeros cigarrillos, para toda la pandilla y chicles mentolados para el aliento. Los chicos teníamos que cogerlos con la mano izquierda, y nos tapábamos la nariz para tragarnos el humo. ¡Qué mareo!

La primera borrachera suele ser en una fiesta de instituto. A las chicas les suele dar por encerrarse en el baño y por ponerse a llorar porque Paco no las quiere... Se vomita bastante y tienen que llevarte a casa.

La primera polución nocturna es un flash. De repente estás mojado, te acuerdas de que has tenido un sueño erótico y piensas que eso debe ser la regla masculina... Un manchurrón enorme en el pijama, y tu madre no dice nada, misterio... La primera regla también es una experiencia, las chicas piensan que todo el mundo las mira porque se les nota el paquete.

El primer sujetador. Los chicos en clase estirábamos por detrás a ver si ya llevaban, y ellas se defendían: «Estáte quieto, que me lo desabrochas».

El primer preservativo... Buscas una farmacia lejos de tu barrio y rezas porque no haya nadie cuando los pides, y empiezas: «Dame unas juanolas, y dos pictolines, y una caja de preservativos», y el tío empieza: «¿De seis o de doce?, ¿Durex o Control?», que te hunde. Algunos listillos los compran en el supermercado, pero yo no sé qué pasa que nunca se lee bien el código de barras y la cajera llama al encargado. ¡Hala, todo el mundo mirando!

La primera vez que haces el amor... Dejaré un silencio para que cual recuerde su experiencia... Normalmente suele ser nefasta. Si la mía llevase un título como en las películas, sería: «Ya está». Cuando vuelves a casa te crees que todo el mundo te lo va a notar, que va a llegar tu madre y te va a decir: «Tú acabas de hacer el amor...»

La primera vez que pones los cuernos... Bueno, yo de esto no sé nada, así es que sigo.

La primera vez que fríes un huevo, que lo sueltas desde dos metros y salpicas toda la cocina... O la primera vez que haces un filete, y esperas a que se haga por el otro lado antes de darle la vuelta. Y sobre todo la primera vez que haces una sopa, que no limpias bien el pollo y echas las mollejas tal cual, lo que le da más sustancia.

La primera vez que vas a votar crees que va a pasar algo, y no pasa nada, votas y ya está. Algo parecido te ocurre la primera vez que eres mayor de edad, porque siempre estás diciendo: «Cuando yo sea mayor de edad ya verás», y cumples los años pero todo sigue igual. Tus padres te siguen gritando, y si les dices que eres mayor de edad te dicen: «Mientras vivas en esta casa patatín y patatán...»

La primera vez que subes en avión no quieres que se note, y el que va contigo te lo va explicando todo y le dices que te deje en paz... Poniéndote la bandejita, encendiéndote la bombilla...

La primera vez que vas a un casino, te pones todo elegante y luego allí la gente va con jersey con bolitas y de cualquier manera.

La primera vez que te hablan de usted. Yo al crío que me preguntó la hora se la dije mal. Eran las cuatro y le dije: «Las cinco y cuarto».

El primer gatillazo, cuando estás convencido de que te has quedado impotente de repente y para siempre.

La primera vez que te ponen gafas, que no te acuerdas de que las llevas puestas y te pegas un manotazo en la cara y van las gafas por el aire.

La primera vez que tienes que pagar a Hacienda, cuando dices: «¿Y esto por qué?».

La primera vez que tienes que mandar un fax, que tú miras a la máquina y te das cuenta de que la máquina te está mirando a ti.

¿QUÉ PASA CUANDO HACE VIENTO?

Una cosa que tiene el viento es que la gente va con cara de chino, como si te acabases de levantar... Y además cuando hace viento se pierde toda la elegancia... Todo el mundo parece un espantajo.

Lo que más rabia me da es cuando parece que ha parado y de repente te da un golpe por detrás y dices: «¡Me mata!»

Por cierto, ¿os imagináis a las moscas cuando hace viento? El agobio que deben de llevar las pobres...

Antes, cuando hacía viento, se estropeaba la tele... Tu padre se subía al tejado a arreglar la antena, y cuando bajaba si salían interferencias decía: «Es de ellos». ¿Quiénes son ellos? Incógnita.

A los muy delgados se les dice la famosa frase: «¡Ponte una piedra en el bolsillo, que vas a salir volando!

Los que llevan un peluquín tiemblan, se lo agarran con las dos manos o se suben el cuello del abrigo para resguardarse, y si les pilla en un bar se quedan hasta que cierran. Porque si se lo lleva el viento puede ser terrible ir detrás del peluquín con la cabeza al aire, más vale la muerte. Un hombre sólo se quita el peluquín delante de los demás, en los momentos de máxima felicidad... Si su equipo gana la liga y esas cosas.

Los que llevan lentillas tampoco se divierten con el viento, porque se les mete el polvo en los ojos y se ponen a llorar, y a las chicas se les corre el rimmel. Algunos, al no poder soportar el tremendo dolor, se las quitan en medio de la calle de cualquier manera. Se les vuelan las lentillas y se quedan cegatos.

El viento es así... Si abres la boca te tragas la porquería, si enciendes un cigarro se te estampa la ceniza, y si escupes te devuelve el gapo... Eso es el viento.

Los días de verano siempre han sido estupendos para los chicos... Ver volar faldas es una de las imágenes más excitantes que existen. Mi instituto estaba situado en medio de una plaza donde siempre hacía viento. Los chicos nos sentábamos en la puerta a verlas llegar. Sólo había que esperar sentado para disfrutar del paisaje.

Mola mucho verlas con una mano delante y otra detrás, pero cuando iban a clase, como llevaban los libros en la mano sólo podían taparse una parte, y la de atrás se quedaba al aire... Qué bonitos recuerdos, a algunas les encantaba imitar a Marilyn.

Cuando el viento viene de cara la gente lo que hace es ponerse de espaldas... A las mujeres que llevan cardado se les queda un hueco en la cabeza por detrás.

Y cuando te haces una foto y el viento te viene por detrás, sales con el pelo como Songoku.

El colmo del viento es que encima llueva. Entonces el paraguas se te dobla, y montas un numerito en medio de la calle. O si pasas cerca de una fuente o aspersor, el agua te moja.

El viento te obliga a correr. Si se te caen unos papeles en medio de la calle y cada uno va a parar hacia un sitio, entre los coches, tú vas corriendo agachado detrás sin mirar y te estampas contra los vehículos aparcados...

Si estás en la playa, corres detrás de la sombrilla, que le va dando a todo el mundo. O detrás de la colchoneta, que vuela mar adentro, y te juegas la vida por ella. Y si te acabas de poner bronceador y se levanta viento, te rebozas como una croqueta.

Cuando hace viento la gente está más irritable. Hay portazos: «¡Esa puerta!». ¡Plam! El portazo hace temblar la casa y todo el mundo se pone a gritar.

También te pones de mala leche porque se te electrizan el pelo y la ropa. Llegas de la calle, te quitas el jersey y saltan chispas.

Y es que el viento te puede volver loco. La tramontana sirve de atenuante en los juicios... La condena es menos severa... «Sí, lo maté, pero es que hacía un aire...»

Hasta cuesta abrir la puerta del coche, que no puedes salir...

Pero tiene sus ventajas...

¿Qué tiene de bueno el viento? Que se seca la ropa en un momento.

Y que te haces gimnasia, porque tienes avanzar contra el aire para poder llegar al sitio.

A veces tienes que agarrarte a una farola para no acabar en medio de la calle.

Y hablando de viento, ¿os acordáis de Kiko Ledgart cuando se inclinaba en *Uno, dos, tres*? No se llegó a saber qué truco utilizaba. Dicen que lo hacía mediante unas ráfagas de aire...

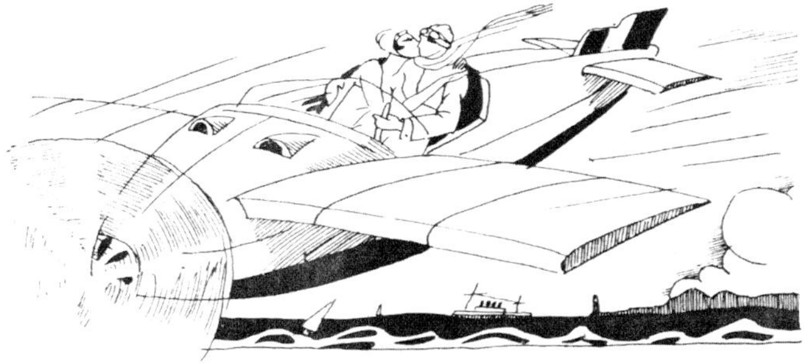

¿QUÉ COSAS PASAN EN LAS CENAS DE EMPRESA?

Lo primero que hay que tener en cuenta es la puntualidad, amiguitos. No lleguéis tarde a la cena de empresa, que entonces seguro que os toca la mesa del jefe.

Yo aviso, además es bonito, porque cuando vas buscando sitio para sentarte, descubres si los demás te tragan, pasas despacio por las mesas a ver si te dicen: «Siéntate aquí, hay una libre...»

Qué triste es eso de que te vas a sentar y te digan: «Ésta se la hemos guardado a Marcial». O sea que, tal y como sospechabas, Marcial es el más grande, y además es el preferido de las secretarias...

Te quedas como un pasmarote a ver si alguien te reclama y, si no, te vas a una mesa donde están todos los que nadie reclama, los «irreclamados» de cada departamento.

«¿Y tú de qué departamento dices que eres ?». «Pues estoy en administración, pero soy cartomántica y nada más verte me ha dado un punto. Tienes el aura gris, pero te voy a hacer una limpieza ahora mismo». En fin, siempre se descubre algo en las cenas de empresa.

La gente va llegando, pilla sitio y va quedando un vacío alrededor del director, que con la sonrisa congelada va diciendo: «¡Que no me como a nadie!»

Los últimos que llegan se tienen que sentar a su lado, y todo el mundo les dice: «Hala, a hacer la pelota»

El jefe, para hacerse el ocurrente dice: «Que no habéis renovado el contrato...», y todo el mundo se ríe... Se ríen pero por lo bajini dicen: «¿No le sentará mal la cena que lo tengan que llevar a urgencias, y que haya atasco?»

En estas cenas se hacen grandes descubrimientos... Aparece la recepcionista con el pelo planchado como Giorgio Aresu y purpurina en la cara.

Hay gente a la que siempre ves con gafas, y esa noche van con lentillas de color azul.

Sin embargo otros que nunca llevan gafas esa noche se las han puesto. Son esas gafas de pasta negra que te hacen cara de Javier Capitán, que se han puesto muy de moda pero que no son ni de vista ni nada, sólo modernez...

Si estás en la mesa del jefe, ves con envidia lo bien que se lo pasan en las otras mesas. Hasta los irreclamados se lo están pasando bien, la cartomántica les está leyendo la mano, menudas risas, y tú, con el jefe delante, tienes que estar diciendo todo el rato lo buenas que están las gambas.

«Pues estas gambas tienen que ser de Denia... A esa gamba se le mueve una pata de lo fresca que está, se nota que no son Findus»

Otro aliciente de la cena es la tía buena del trabajo a la que todo el mundo se quiere tirar y ella lo sabe. Hasta que termine la noche todas las bromas irán dirigidas a ella. No faltará que algún gracioso saque una pilililla de cuerda que camina sola.

La tía buena siempre repetirá la misma frase: «Hay que ver cómo sois».

A medida que va transcurriendo la cena, el vino va haciendo sus efectos, la gente se desmadra, habla a gritos, la vidente ya está escupiendo orujo a los de su mesa para limpiarles el aura.

Siempre hay un torpe que rompe una copa de esas de coñac gigantes y le da apuro, y lo que hace es apoyar la copa como puede entre dos platos para que se tenga en pie.

El jefe, como humano que es, también se desmadra, pero a su manera, y empieza a decir cosas como: «La cena os la voy a descontar del sueldo», «La cesta de navidad me la voy a quedar yo porque no me habéis hecho ningún regalo» y otras lindezas.

Como hay gente *pa tó*, hay uno que quiere inmortalizar la cena y lleva una cámara y pretende que la gente esté a todas horas poniendo caras para salir en la foto. «Ahora rejuntaos los de ese lado».

El jefe dice unas palabras, empieza a darle con la cuchara a la copa para que la gente se calle, engola la voz, y empieza a hablar del futuro como si fuera vidente.

Desde hace unos años, en cuanto acaba la cena la gente va como en peregrinación al karaoke.

Se cantan canciones a coro, agarrados todos por la cintura, bonitas canciones de Perales...

Por ejemplo hay una canción que nunca falla en el karaoke, es *Y se marchó y a su barco le llamó libertad*. Siempre hay uno que va a destiempo, que lo canta después...

Cuando ponen *La chica ye ye*, la cena de empresa parece *Fraguel Rock*.
Lo curioso de los karaokes es que las imágenes no tienen nada que ver con la letra.

¿QUÉ COSAS APRENDEMOS DE MEMORIA SIN QUERER?

Nos acordamos de todas las duchas donde nos hemos duchado, de todas las de tu vida. Se te puede olvidar tu número de móvil, la dirección de tu casa, pero la ducha de los hoteles donde has estado nunca... Cuando vuelves, aunque hayan pasado seis meses, te acuerdas de si el agua sale muy caliente, con presión, sin presión, si inundabas todo el baño y tenías que poner las toallas en el suelo... No se olvida, comprobadlo. Si vais a pasar las navidades a casa de la abuela, recordaréis que sólo sale un hilillo de agua... Es lo que los científicos llamarían memoria duchática.

Un traspiés, nunca olvidas dónde te diste una toña. Cada vez que pases mirarás la argollita, el bache, la trampilla donde te enganchaste, y si vas con alguien que no conoce el hecho, se lo contarás... «¿Ves esa argollita ? Me enganché, recorrí diez metros cayéndome y le hice un agujero al contenedor con la cabeza.»

Las frases de la tele se te pegan sin quererlo ni beberlo, aunque no veas la tele :

«¿Quién no ha dicho «A jugaaaaar... ?»

No podemos olvidar las canciones de misa, las llevamos a fuego grabadas, aunque no las cantásemos:

«Ooooh, oh, oh, dime por qué huyes...»

Te las sabes todas. Aunque te tires diez años sin ir a misa, vuelves y te las sabes :

«Qué alegría cuando me dijeron, vamos a la casa del Señor...»

¿Qué se nos queda en la memoria sin querer?

Los anuncios de la tele. Sólo pondré un ejemplo de un anuncio de cuando tenía ocho años:

«Leche, cacao, avellanas y...». Anda, que no nos sabemos todos los componentes de la ...

Hay cosas que aprendemos tan bien que no podemos dejar de hacerlas aunque haya cambiado la realidad. Por ejemplo :

Los sobres de las cartas ya se pegan solos, pero nosotros seguimos dando un lengüetazo al pegamento, que lo estropeas y ya no pega, y la lengua se te queda para atrás.

Igual nos pasa con el teléfono. Cuando vas a casa de tu abuela no sabes marcar el de ruedecilla, marcar el cero es una odisea. No llegas al final, y se te queda el dedo rojo...

Se te quedan en la memoria sin quererlo teléfonos de las ex novias, y cuando vas a marcar un teléfono parecido, acabas marcando ése, el 57 90 20... Y te dices: «¡Bórrate!», pero nada.

De la pareja lo acabas memorizando todo. Acabas aprendiendo detalles de su profesión, aunque no quieras... Todas mis novias han acabado sabiendo lo que es una antena bipolar y por qué se acoplan los auriculares.

Todos memorizamos sin querer palabras técnicas. ¿Quién no sabe qué es una ecografía?

La gente ya no dice que va a hacerse un análisis, dice que va a que le miren los triglicéridos...

Si un día encontramos rebollones bajo un pino, eso se queda en la memoria para siempre. Pasarán los años, irás con tus hijos y lo primero que harás será buscar bajo ese pino, fanfarroneando, como mi padre hacía conmigo: «Es que hay que saber mirar, ahí debajo hay. ¿No lo ves?». A mí me parecía que mi padre era el maestro de Kung Fu.

¿En qué situaciones somos pasivos?

Ser pasivo está de moda, cada vez hay más fumadores pasivos, pero no es lo único en lo que lo somos.

Pues somos amantes pasivos cuando oímos al vecino resoplar con su chica mientras nosotros estamos solos en la cama... Él la ama mientras nosotros nos seducimos a nosotros mismos.

Somos deudores pasivos. Tú no debes nada pero tu colega sí, y te pide pasta, y como de alguna forma hay que perder la amistad, pues se lo dejas...

Lo que hay es mucho deportista pasivo. No se pierden un partido, sentados en el sillón, la cerveza apoyada en la barriga, el labio flojo, y no se levantan ni para ir a la nevera: «María, trae una cerveza que nos están haciendo correr más que el mundo».

Los padres suelen ser concursantes pasivos. Están viendo un concurso por la tele y van contestando a todas las preguntas: «¡Miguel Ángel, Miguel Ángel Buonarrotti!», y llaman imbécil al concursante si falla.

Cómo sufríamos pasivamente cuando en el *Uno, dos, tres* se llevaban una docena de huevos en vez del coche. Te ibas a la cama con un mal sabor de boca... Cuando estaba claro que el coche estaba en las tetas de la vaca, porque cuando el regalo lo traía una representación de Asturias o de cualquier otra región, no podía ser malo... Ésta era una teoría de mi padre que resultó cierta.

La mayoría de los hombres somos limpiadores pasivos. Contemplamos desde el sofá cómo ella suda mientras limpia los cristales... «Hay que ver cómo se han puesto con la lluvia, pero déjalo ¿qué más da ? Chica, es que me canso sólo de verte...»

¿Cuántos de vosotros sois disfrutadores pasivos de los guisos de los vecinos?

Esa vecina que hace un pollo al ajillo que tiene que estar para chuparse los dedos, y una ternera mechada que huele que alimenta...

Aunque tienes que sufrir pasivamente, menos mal, el día en que hace coliflor, que saca a la galería la olla y le quita la válvula para que no se llene la casa del olor...

¿Qué necesidad de comer coliflor ? Si quiere que huela así el deslunado que cometa un asesinato. Así por lo menos a los vecinos nos entrevistaría la televisión...

También hay mucho telefoneador pasivo... Cuando a alguien le llaman por el móvil, queremos saber de qué están hablando. ¿Qué le habrá preguntado para que ella diga: «Bueno, sí, dos gallinas». ¿Está preparando la cena, está decorando la casa, es narcotraficante y está hablando en clave?»

Los hombres somos doloridos pasivos cuando en una peli el chico se coge la pililá con la cremallera de la bragueta. En la película *Algo pasa con Mary*, todos los tíos gritábamos horripilados y nos cogíamos los respectivos malacatones, ¡qué dolor!

Puedo provocar en este momento ese dolor pasivo en los hombres de España. Imaginaos dos piezas macizas, una en mi mano izquierda y otra en mi mano derecha que se dirigen hacia vuestros malacatones. ¡Plaf!

¿Ha dolido, eh?

Somos capataces de obra pasivos. El que lleva la grúa no lo sabe, pero el mirón de obra dirige mentalmente y no tan mentalmente. «Sube más que vas a romper el bordillo, eh, ¿no te he dicho que subieras más? Anda que no lo he avisado.»

¿Y quienes son los cazadores pasivos ? Las pobres mujeres del que va a cazar, que tienen que despellejar todos los conejos...

Somos pasivos cuando vamos de copilotos, frenando con los pies.

Pero para pasivo Clinton. Lo hacía todo ella, de hecho se ha defendido así, diciendo: «Yo no tuve relaciones sexuales con Mónica. Fue ella la que tuvo relaciones sexuales conmigo, yo estaba comiendo fritos de maíz...»

¿QUÉ DECIMOS QUE NUNCA HAREMOS PERO ACABAMOS HACIENDO?

Cuando tienes dieciocho años siempre dices: «No me casaré nunca. ¡A mí me van a pillar! Que se pongan en la cola, je, je, casado yo...» Luego te enamoras como un burro y te casas. ¿Cómo ha sido? Ah, *ce la vi*, como dicen en Italia...

Vale, me caso, pero sin bodorrio... Antes la silla eléctrica que un bodorrio con todos los primos y tarta bajando del techo... ¿Has dicho ?

Tienes bodorrio, ¡pero con mucho orrio! Además, con merluza congelada de ésa que cuando la vas a partir tiene hielo por dentro, y la orquesta que parece que también están congelados, cantando: «Tú eres mi hermano del alma»

Puedo aceptarlo todo, pero yo a Cancún no me voy...

¿Cómo que no? Te regalan el viaje toda la colla de amigos y no vas a hacer un desprecio...

Vale, que también voy al Caribe, pero no me haré fotos con un vaso de piña colada en la mano, y tu mujer dice: «Eso, y que parezca que hemos estado en Benidorm», y te haces la foto con la piña colada y con unos cocos... Es más, tu mujer hace una ampliación y la pone encima de la tele.

Ce la vi, como dicen en Italia.

¿Quién no ha dicho alguna vez: «Nunca me pondré corbata, va contra mis principios»?

¿Y quién no se ha tenido que tragar esas palabras? Llega un día en el que te harta ya el cuello alto, desentonas... y te la pones, y todo el mundo «qué elegante, qué guapo, ¿qué se celebra hoy?». «Hoy se celebra que he perdido la dignidad, a partir de aquí puedo ser cualquier cosa...» Otra promesa rota... *Ce la vi*, como dijo la mujer de Maradona después de la noche de bodas...

«Mis hijos no verán nunca la televisión. Ya me encargaré yo» Sí, ya te encargarás tú de ponérsela para que se estén quietos, les buscarás los anuncios, que es lo que más les gusta con tal de que te dejen tranquilo... Ayyyy, *ce la vi*.

«Y no les voy a comprar juguetes bélicos ni sexistas...» Claro que no, se los traen los Reyes en casa de la abuela... Dile al niño que no toque la metralleta... O dile a la niña que no juegue con el muñeco que caga, que te tirará el pastel a la cara...

«Nunca me compraré un adosado. ¡Yo soy un hombre de asfalto!

Me gusta la ciudad». Ya lo creo que eres un hombre de asfalto. Ahora te haces todos los días treinta kilómetros de asfalto para ir del adosado al trabajo.

Nunca seré infiel... *ce la vi...*

Nunca más apuraré tanto el depósito de gasolina... Siempre dices: «Aún aguanta, voy aquí y de paso echaré gasolina, ahora no, después la echo, a la vuelta...», y te quedas en medio de un atasco con todo el mundo pitando, aleteando con los brazos, mientras tú juras: «Una y no más santo Tomás...»

Ayer cogiste una borrachera que tirabas a rascarte y no acertabas. Hoy estás con la resaca de la Inmaculada y has hecho unas declaraciones en el pasillo a tus amigos: «No volveré a beber». Ya hablaremos el viernes, ya.

Cuando ella trae un perro a casa, un mastín gigante que se va dando con las lámparas, tú avisas: «Pues yo no lo he de bajar a pasear, ni recogeré sus ñordos con una bolsita... Mírame bien, no lo pienso hacer».

En el momento en que ella te pone la voz seductora, allá que te vas arrastrado por el mastín a la calle.

Si una mujer pone la voz seductora puede hacer contigo lo que quiera.

¿QUÉ COSAS NOS DAN VERGÜENZA AJENA?

La vergüenza es eso que sientes al llevar una bufanda al cuello de tu equipo de fútbol y volver al barrio cuando te han metido 0-6, vergüenza es estar en el baño de un avión y que alguien abra la puerta y te pille con los calzoncillos en los tobillos, es meterte el dedo en la nariz en un semáforo y que en el coche de al lado esté alguien conocido, eso es la vergüenza. Hoy quiero hablar de este sentimiento, pero cuando lo tenemos por los demás... Mi pregunta es: ***«¿Qué cosas nos dan vergüenza ajena?»***

Cuando tu padre se pone a hablar como si fuera un indio en infinitivo, con un extranjero que le ha preguntado por una calle: «Bajar por esta calle, doblar derecha, encontrar tienda».

Cuando vas con tu madre a comprar, la dependienta está buena, o el dependiente bueno, y ella pide la rebajita: «Estas quinientas pesetas me las quitas ¿verdad?, y tú te querrías morir...

Ir de viaje con un colega que dice que habla francés, llegar a la Tour D'Argent y darte cuenta de que el colega se ruboriza, el camarero pone los brazos en jarras, y al final te trae un vaso de agua con unas olivas cuando le habías pedido vino blanco y foi.

Los bañadores modelo UHF (un huevo fuera).

Las mujeres, yo no sé lo que hacen pero cuando van a la playa por primera vez ya están un poco morenas, y entonces son ellas las que sienten vergüenza ajena porque su compañero es el más blanco de la playa: «blanco con acelerator». Que si se pierden al salir del agua lo ven a él de lo mucho que reluce.

La OTI en general da mucha vergüenza ajena, los cantantes con esos vestidos, todos de rebajas, los presentadores, el decorado, y esas canciones que se las sacan de la cabeza en ese momento: «Oscurece la planicie, y tú no estás. Oscurece la planicie y tú te vas».

Da mucha vergüenza ajena cuando estás en una reunión de amigos y una pareja se pone a pelearse, y quieren que los demás tomen partido.

Cuando el jefe aparece con la bragueta a media asta y nadie en la oficina tiene valor para decírselo.

Cuando un amigo aparece con una chaqueta de esas fosforito y dice: «¿Qué os parece?», y hay que ir con él toda la noche.

Cuando llegas a un restaurante y tu amigo le dice al camarero: «Paco, lo de siempre», y le dice el camarero: «Yo no me llamo Paco».

Cuando llevas a una amiga a casa por primera vez, y sale tu abuela en batín y empieza a preguntarle cosas, y le cuenta sus enfermedades y lo que le molesta la dentadura.

Cuando alguien lleva el peluquín descolocado, que te entran ganas de ponérselo bien.

Cuando alguien sale de mear con el rodalillo en el pantalón... Justo ahí, el circulito.

¿CUÁL ES EL NO QUE MÁS LE FASTIDIA?

NO es la palabra que más escuchamos cuando somos pequeños:
NO toques esto.
NO cojas aquello.
NO entres en el salón.
NO comas chucherías antes de comer.
NO te toques ahí (cochino).
NO puedes ver esta película (¿recordáis los rombos ?, un rombo para mayores de catorce años, dos rombos para mayores de dieciocho).

Por eso quieres crecer, porque piensas que cuando seas mayor nadie te podrá decir que NO, o por lo menos no te afectará. ¡Ja!

El tema es difícil, pero no por ello dejaremos de abordarlo. ***«¿Cuál es el NO que más le fastidia?»***

NO pises ahí, que acabo de fregar. ¿Por qué siempre friegan cuando vas a pasar?

NO leas mientras comes, ¿alguien sabe por qué?. Leer un tebeo mientras te comes un plato de patatas fritas es un placer inmenso.

NO señales con el dedo.

NO te encierres en el baño.

NO te metas en las conversaciones de los mayores: ésta es inexplicable.

Nuestro recuerdo especial para:

NO te alejes de la orilla y no te bañes hasta que no hayas hecho la digestión.

De pequeño el NO nos perseguía, los mejores sitios estaban prohibidos. ¿Qué me decís de esas casetas con una calavera y dos tibias pintadas en la puerta? Siempre me quedé con ganas de entrar.

Todo el mundo dice NO, hasta Chiquito. NO puedo, NO puedo, pero ¿cuál es el NO que más nos fastidia?

A una amiga mía su madre no le dejaba reírse porque le salían arrugas.

Vas creciendo y te siguen diciendo que NO:
NO te toques los granos.
NO hables tanto por teléfono que te vas a quedar pegado (y todo eso diciéndotelo cuando estás hablando con una chica).
NO hagas ruido con la boca.
NO subas la música.

¡NO me grites que no estoy sorda!

El NO en el que la madre más vocaliza es (CON GOLPECITOS), NO te muerdas las uñas.

El NO acompañado del golpe, NO te rasques la cabeza que parece que tengas sarna.

Y sigues creciendo y te siguen diciendo ¡NO! Claro que a los hombres nos lo dicen más veces que a las mujeres:

¿Quieres bailar? NO.

¿Tomas algo? NO.

¿Te vienes a dar una vuelta? NO.

¿Crees que a tu amiga le intereso? NO.

Empiezas a presentar currículums y todos te dicen que NO, eso cuando te contestan.

¿Cuál es el NO que más le fastidia?

NO te quedes dormido delante de la tele.

NO te corras dentro.

NO me beses que me estropeas el maquillaje.

Ahora NO, que estoy viendo el fútbol.

¿Y el NO que te dan porque sí, porque te pueden fastidiar, cuando el que manda más no gana nada, pero te dice que NO y tú a tragar?

Hay un NO que fastidia mogollón, es el del tenis: ¡NO!

¿Y cuándo tienes un cotilleo que contarle a alguien y le llamas y te dicen NO está?

A mí me fastidia mucho cuando llego a mi casa y pregunto: «¿Nadie me quiere hacer un masaje en los pies?» Y todos, a coro: NO.

¿QUÉ COSAS HACÍAMOS CUANDO NOS ENAMORÁBAMOS DE LA SEÑORITA O DEL PROFESOR?

Primer amor, primer dolor. Cuando nos preguntan por cuál fue nuestro primer amor siempre retrocedemos a nuestros doce o trece años, pero hay que mirar mucho más atrás. ¿Quién no se quedó colgado de su profesora de primero de básica? O de su profesor de preescolar, que las niñas son más precoces.

¿Quién no le llevó con veneración una manzana reluciente a su seño después de sacarle brillo con el babero ?

¿Qué cosas hacíamos cuando nos enamorábamos de la seño? ¿O del profe?

Tengo que decir que ahora los niños se siguen enamorando, pero ya no llevan la manzana. Me cuenta una amiga maestra que uno de sus alumnos enamorados le llevó un folleto de Telepizza y la invitó a cenar.

Y es que tú eres pequeño y ella es alta y rubia, y siempre sonríe, y te quedas pillado, y te encanta que te cure las pupas. Caerse en el patio sobre la gravilla y repelarse las rodillas era fantástico, porque ella te limpiaba la herida y te ponía mercromina.

Lo que más hacíamos era ponernos rojos, como tomates, por todo.

Cuando te cogía por el cuello para repasar las sumas o para leer la «pe» con la «a», que te equivocabas mogollón de los nervios.

Cuando te sacaba a la pizarra y los demás se reían, te querías morir, no lo soportabas, y te enrabietabas con todos. Luego ellos cobraban al salir, que les decías: «¿Tú que has dicho?», y patá en la espinilla.

¿Y cuando la seño te cogía en brazos y te tocaba el pelo? Hasta el más fiera de la clase se quedaba blanco, como un muñeco de peluche.

Tú eres el más fuerte, y se lo quieres demostrar, y te pasas el día haciendo catas de karate. Peleas con el aire.

Te encanta hacer trabajos en grupo, porque así ella se acerca y te roza...

Si está varios días sin ir a clase, cuando vuelve, te rebrota el amor, te pones más rojo, y no quieres entrar en clase, y te escondes, y todos los demás te señalan...

Y si no te hace caso te pones muy idiota y te portas lo peor que puedes, y le dices que la maestra del año pasado era más guapa, y le dices: «No me gusta esta escuela».

Hay diferentes fases de enamoramiento.

Si sólo te gusta, la dibujas en la pizarra. Y le dibujas las tetas. Si estás de verdad enamorado, no quieres que lo vea.

Si estás colado hasta el tuétano le escribes cartitas tipo: «Eres preciosa» o «Te quiero mucho».

Y cada día le llevas un regalo, una piedra de la calle muy bonita, un trozo de regaliz, una figurita que le quitas a tu madre... Y todos los demás piensan que eres un pelota.

Pero a ti nada te rinde, y un día le dices que os vais a casar. Los niños de ahora han progresado tanto que me cuenta esta amiga que un niño le llevó hasta un plano de un piso que encontró en el buzón, para que lo compraran.

Hay un día terrible, un día en el que no hay consuelo para ti, el día en que viene su novio o su marido, que lo quieres matar.

Pero desgraciadamente o no, según se mire, hay otro tipo de enamoramiento, ése en el que quieres verle las bragas y el escote. Tiras bolis y bolis al suelo para vérselas. No hay día que no sepas de qué color las lleva.

Las niñas enamoradas de sus profes son muy acaparadoras, no dejan que nadie más se acerque a ellos, normalmente se enamoran del maestro de prácticas.

Pero también te enamoras del profe o de la profe cuando eres mayor:

Los síntomas son que te quedas en la parra y suspendes.

Que llegas siempre puntual.

Que no te pelas ni una clase.

Que vas continuamente al departamento para consultar.

Que siempre tienes dudas después de clase.

Que intentas averiguar si están casados.

Las chicas se vuelven locas si el profe de física y química lleva bata blanca.

Y en las excursiones se ponen todo el rato a su lado para salir juntos en la foto y luego en el revelado hacen una aureola alrededor de la cabeza del profe y de la suya, o un corazón con los dos dentro. Algunas todavía guardan la foto a pesar de tener más de treinta años.

Pero también te enamoras cuando eres mucho más mayor, cuando te apuntas a un curso de idiomas. Te enamoras del profe o de la profe de inglés y se te escapan cosas como «Qué bien lees, qué buen acento tienes...», mientras el resto de la clase no entiende nada.

¿QUÉ DECISIONES HAN CAMBIADO SU VIDA?

Un año le pediste a los reyes magos un piano y ahora te pasas los fines de semana tocando en las bodas. ¿Qué te parece? Esa decisión cambió tu vida. Unos lo llaman efecto mariposa y otros una putada, lo cierto es que hay decisiones que nos cambian la vida.

Un buen día estás mirando unas fotos familiares y de repente ves a tu padre muy acaramelado con una chica con cara de antigua. Y tú preguntas, «¿Quién es ésa, papa?» Suele contestar tu madre: «Una ex novia de tu padre, ya tuvo suerte de que apareciese yo, menudo pingo era.»

Y ahí te preguntas: «¿Y si mis padres no se hubiesen casado, yo no existiría ? ¿Y si se llega a casar con la de la foto, yo tendría cara de pingo?

Hay una decisión muy importante el primer día de colegio. Ése día te defines: ¿empollones o gamberros? Como te dé por hacerte amigo de los gamberros, estás ya marcado en el cole. Y si te pones con los empollones es peor, porque acabas con gafas.

Una decisión que te marca ya desde pequeño y que determina qué tipo de gente vas a ser. ¿Vas con los indios o con los vaqueros? Si vas con los indios es que eres de buena pasta.

Una decisión que marca tu vida: ¿Te haces rockero?. Como los rockeros nunca mueren, ya te ves con cincuenta años, con patillas de hacha, pantalón ajustados y botas de punta.

Otra gran decisión: ¿Te haces Hare Krishna o no te haces Hare Krishna? Aviso a los que se lo estén pensando que tienen que rezar todos los días la oración 1129 veces, y por eso están todo el santo día cantando.

¿Estudias una carrera de letras o una de ciencias? Si coges letras tendrás una juventud divertida, y si coges ciencias te la pasarás pelando codos.

Para las mujeres hay una gran decisión: ¿Haces top less o no haces top less?... Yo no sé si esto cambia la vida, pero es una decisión muy importante, ya que te quitas mogollón de vergüenzas para todo.

Otra decisión importante: ¿Te compras la freidora o te lo comes todo asado?

Otra decisión importante para las mujeres: ¿Tampón o compresa? Tiene que serlo porque no paran de hacernos anuncios de cómo te cambia la vida con una cosa o con otra.

Una de las decisiones más terribles es tener que elegir entre dos mujeres, y para las mujeres entre dos hombres, porque te gustan las dos y te dices: «Estas relaciones parten ya con mal rollo, porque, te decidas por la que te decidas, tú siempre estarás pensando: «pues Mari no me habría dicho eso, pues Mari seguro que me habría dicho que sí».

Decisión terrible, si haces la mili o te haces objetor... Te haces objetor para que no abusen de ti y acaban abusando el doble.

Coche grande o coche pequeño, otra decisión importante. Nunca estarás satisfecho con lo que te compres. Si te compras el coche grande, cada vez que vayas a aparcar te acordarás del pequeño, pero con el pequeño lo que pasa es que no te cabe la barca hinchable.

Todo hombre toma en un momento de su vida una decisión que le va a marcar un día de la semana durante toda la vida: ¿Me gusta el fútbol o no me gusta?

Esa decisión te obliga a estar pendiente de la quiniela, a comprarte una bufanda de colorines y a tener muchos disgustos, y si decides que te gusta el fútbol, hay otra decisión clave... ¿De qué equipo soy ? De esta decisión depende que seas el resto de tu vida un triunfador o un amargado.

Algo parecido pasa con la política. ¿Quién no le ha preguntado a su padre de pequeño: «Papá, yo soy rojo o facha»?

Gran decisión en el trabajo: ¿Me hago pelota y digo a todo que sí, o me hago delegado sindical?

¿Te casas con bodorrio o pareja de hecho ? Si te casas con bodorrio sabes que tienes la casa puesta desde el primer día y no te faltará ni el colador ni la tabla de planchar. La pareja de hecho, sin embargo, tendrá que contentarse con la mesa camilla, el canapé y un tresillo.

¿QUÉ HARÍA USTED MAÑANA SI SE DESPIERTA Y TIENE ONCE HIJOS?

Yo lo primero que haría sería volverme a acostar... ¿Os imagináis hacer once zumos de naranja, once pares de tostadas? Bueno no, una caja de galletas María en el centro y el más rápido para él.

Ya sé que hay gente que se iría al bar y se tiraría al ron de caña, pero yo no... Yo afronto las cosas tal como vienen.

Si tuviese once hijos les pondría en los semáforos a vender pañuelos y a limpiar parabrisas, eso sí, con el trapo bien limpio.

Y los apuntaría de extras en una película... Ya sabes que en las películas siempre hay una escena en la que hace falta mucho gentío.

Otra idea sería ponerles de recogepelotas en un club de tenis o en un campo de golf. ¡Bien morenos que iban a estar todo el año, menuda envidia despertaríamos en el barrio!

¿Qué haría usted si mañana se levanta y tiene once hijos?

Les bautizaría como los meses del año y yo me pondría de nombre Diciembre.

Y les tintaría el pelo de colorines para distinguirlos, tinte vegetal, por supuesto, nada de química, la salud lo primero.

Comeríamos siempre en platos y vasos de plástico, porque así no habría que fregar. Aunque muchos días a la hora de comer llamaría por teléfono y les diría: «Chicos, como sea, arregláoslas sin mí», para que se fueran curtiendo... Ya se sabe que en las familias numerosas se curte uno mucho.

¿Qué haría usted si mañana se levanta y tiene once hijos?

En mi familia estaría claro. Entraríamos los doce al super, directamente a robar, compraríamos bolsas de basura y lo demás mangoneo total. No nos pillarían, en el super se sentirían aliviados y agradecidos de que nos fuésemos y dejásemos de tocarlo todo...

Escribiría a todos los concursos de televisión a ver si me sale uno listo y gano algo de pasta. A los menos hábiles los mandaría a los programas de testimonios: «Mi vida como hijo de familia numerosa».

Con tanto niño habría que tomar medidas con las cosas importantes:

El mando a distancia estaría electrificado, y al que lo tocase le daría la corriente, pero poca, sólo para que desistiesen.

La taza del water también tendría un mecanismo de autodefensa. A los tres minutos se estiraría la cadena sola. Nada de leer tebeos, que somos mucha gente.

No iba a ser todo malo. Les compraría un karaoke para que cantasen y les diesen la murga a los vecinos, y luego los llevaría a «Lluvia de estrellas», para que hicieran de los «Village people»: «In the Navy»...

Los ducharía una vez por semana, como Enrique Iglesias, y con una manguera. Agua fría, que templa el carácter.

Les daría dinero para que se fuesen al cine. Vaciaría la casa de muebles y cosas de valor, y me iría a vivir a otro sitio de «alquilino».

Me los llevaría a un crucero y cuando estuviésemos en alta mar les diría: «¿Jugamos a la gallinita ciega?»

Era bromaaaaa. Lo que sí haría es una rondalla y nos pasaríamos por todos los convites de las bodas...

Montaría un Pizza Hutt y que ellos fuesen con las motos llevando las pizzas...

Estas son algunas propuestas sólo para casos de emergencia, porque, como decía Fofo, «No hay nada más lindo que la familia unida».

¿QUÉ COSAS DEFINEN A UN LAPA?

Un lapa es un tío que toca mucho, a las personas y las cosas. Toca todos los canapés, toca a la camarera y le pregunta de qué marca es el vino... Pero sobre todo lo que toca son las narices. Se pega y mete baza en todas las conversaciones, asiente todo el rato con la cabeza y nunca aporta nada.

En una reunión o en una boda, al lapa se le reconoce fácilmente porque va con las manos cogidas por detrás asomando la cabeza en los corrillos a ver en cuál se queda. Anda bamboleando los pies y canturrea. Y cuando en un grupo le ven acercarse, se dice: «Cuidado, que por ahí viene el lapa de Paco, yo me piro...»

Cuando todo el mundo escampa queda «el buena persona», ese alma de cántaro que suele ser la víctima del lapa.

El lapa se ríe con sus propios chistes «Eeeeeeh», «¿Te gusta la pesca? Eeeeeh, estoy constipado, eeeeeh». Al buena persona se le queda la cara de que le están poniendo supositorios de glicerina sin parar...

Al lapa que es lapa, cuando se sienta se le quedan las hombreras de la chaqueta a la altura de las orejas, porque como se autoinvita no tiene sitio, y le ponen un taburete más bajito.

Un lapa siempre habla en plural: «¿Dónde vamos ahora, qué hacemos?»

Que dan ganas de decirle: «A la mierda, nos vamos a ir a la mierda».

Lo que tiene es buen conformar. Él se apunta a todo. Si se te escapa que vais a un chino: «Ay, un chino, lo que más me gusta». Cambiáis a una pizzería. «Pizzería, con el tiempo que hace que no voy». Mexicano, ¡Guadalajara en un llano!

La frase favorita del lapa es «Yo tengo un amigo que...». Te pase lo que te pase, él tiene un amigo al que le pasa lo mismo.

Si tienes una tubería atascada, él conoce a un fontanero. Si te hace falta un pingüino, él tiene un amigo que los alquila, pero luego nunca encuentra a esos supuestos amigos.

El lapa es un ser inmundo, sin escrúpulos... Situación: cena íntima para dos... El lapa dice: «Donde comen dos, comen tres». ¡Lapa-dre que lo parió !

El lapa es un gran espía, ya querrían los del CESID. Siempre te encuentra, está muy bien informado, se entera de todos los cumpleaños, fiestas y saraos.

Y cuando aparece en una fiesta, la gente se pregunta: «¿Quién le ha invitado, a quién conoce este tío? ¿A quién?».

Hay que decir que los hermanos menores tienen un 75% más de probabilidades de convertirse en lapas, porque la madre siempre se los endosa a los hermanos mayores.

Hay lapas por autonomías... Por ejemplo en Madrid están las chulapas... En Cataluña, está lapa-llesa... En Valencia lapa-ella...

Sobre todo con un lapa se pierde lapa-ciencia.

¿QUÉ SUEÑOS TENÍAMOS DE PEQUEÑOS?

Ayer estuve viendo la película *Barrio*, de Fernando de León, genial, me lo pasé muy bien y me reencontré con momentos de mi infancia y adolescencia, sobre todo coincidí con los protagonistas en las cosas que les apetecía tener y en sus sueños. Como cuando nos quedábamos viendo pasar los coches y decíamos: «El próximo coche rojo que salga mío, ¿vale?», y si pasaba un BMW los demás te envidiaban y te preguntaban si se lo dejarías. El momento en el que todos los del cine nos sentimos retratados fue cuando uno de los personajes dice que soñaba con que saliera Coca Cola de los grifos. Toda mi fila había tenido ese sueño: abrir el grifo y que saliera Coca Cola, lo máximo.

Quiero que recordemos esos sueños que teníamos de pequeños y en los que a veces coincidíamos todos...

Soñaba con tener un tobogán que fuese desde la puerta de mi casa hasta la silla de mi clase. Y también a la panadería... Dios mío, cuántos kilómetros habré hecho yendo a por el pan.

Y soñaba ser como las muñecas, que les estirabas el pelo y les crecía. Porque mis padres no me dejaban, pero yo quería tener el pelo como Leif Garret.

Y era cantante como él... «Puch ojedar mai janter...», y tocaba la guitarra con una raqueta de tenis. Mi hermana, como era más lista que nadie, hacía como que tocaba el arpa con las cortinas, y hacíamos el sonido con la boca... glin, glin, glin...

Todos hemos soñado alguna vez que éramos adoptados, de un país lejano, o de Marte, y que por eso teníamos las orejas de soplillo o el ombligo salido.

O que éramos de una familia rica venida a menos. Y que algún día nos llegaría la herencia de algún tío de América...

Soñaba que era alemán, y me inventaba un idioma y hablaba mamarrachos a mis compañeros de clase, guanin, blaklis, blaus, sclafon...

¿Qué sueños teníamos de pequeños?

Que tu equipo de fútbol del cole jugaba la final del campeonato del mundo con Brasil y ganaba la copa, y tú eras el que metía más goles, metías un gol como Pelé...

Todos soñábamos con tener un boli memorizador que escribiera él solito los exámenes.

Mi compañero de pupitre y yo soñábamos en ir al colegio montados en gorriones. En el patio habría un aeropuerto para gorriones, los ataríamos a la valla con un cordel, y en el recreo además del bocata, llevaríamos una bolsita de alpiste.

Un sueño que teníamos los chicos era que la ropa no existía, que según te levantabas te ibas a la calle, y todo el mundo igual, en pelota picada.

Por cierto que los que tardamos en desarrollarnos soñábamos en tener pelos en otros sitios además de en la cabeza. Yo todos los días al levantarme pensaba: «Ya me habrán salido», y me miraba... Llegué a cortarme un mechón de la cabeza y a pegármelo con pegamento, menudo daño.

Recuerdo perfectamente el día en el que me salió el primer pelo. Estuve durante horas observándolo... Ese día presumí más que una mierda en un solar...

Las chicas que tardaban en desarrollarse soñaban con que les crecían las tetas, y comían avellanas y almendras...

Todos soñábamos con la teletransportación: ahora doy un chasquido y me voy a Disneylandia.

Y por la noche, cuando nos metíamos en la cama, pensábamos que era una nave espacial... Apagabas la luz y la ponías en marcha: chen, chen, chen, buuuuuu...

Soñábamos que el vecino era un agente secreto enemigo y lo vigilábamos. Escarbábamos en su basura...

Y soñábamos que descubríamos un complot y que el rey nos llamaba a casa agradecido.

Que tenías un láser y podías hacer desaparecer a los que no te gustaban. Al portero, que no te dejaba bajar solo en el ascensor, al chivato de la clase...

Soñaba que le gustaba a la profesora de francés, que siempre era la que estaba más buena, y que un día decía en clase: «Todos podéis iros menos Pablo».

Y el día que nos fuimos de excursión, soñamos que salvábamos a la profesora de francés, que la sacábamos del agua y le hacíamos el boca a boca...

Y ella se asombraba de que tú tan pequeño fueras tan fuerte y la hubieras salvado en vez de don Laureano: «¡Oh, Pablo, mi salvador, *je t'aime*...!»

El sueño ideal era ser invisible para poder ir a mirar exactamente donde todos estáis pensando: los archivos del Cesid, y colarme. Yo una vez me convencí de que era invisible y me metí en un taxi... Me preguntaron: «¿Dónde vas, bonico?»

Lo de ser invisible venía después de haber soñado que tenía rayos X en los ojos, pero no fui capaz de atravesar las paredes.

¿QUÉ LUGARES SON INACCESIBLES?

Pues mira que yo había caído en la cuenta de que las esquinas se quedan más negras que el resto de la casa, pero no sabía el motivo.

Antonia María Cáceres, de treinta y seis años, me ha abierto los ojos. Antonia no ha conseguido la cuadratura del círculo, pero casi, porque acaba de descubrir que si las fregonas fueran cuadradas se limpiaría mejor.

Un día Antonia observó que su fregona no llegaba a las esquinas, porque al ser redonda no podía acceder a todos los ángulos. Y se preguntó: ¿Por qué no una fregona cuadrada? Se lo contó a su marido, que se encargó de desarrollar la idea, y ya está patentada. Tiene marca y está a punto de iniciarse su fabricación. Además de llegar a todos los rincones, la fregona cuadrada tiene una alzada que permite limpiar los zócalos.

Los zócalos, otro sitio oscuro.

Con la fregona cuadrada ya hay un lugar inaccesible menos, pero quedan muchos todavía.

¿Qué lugares o rincones son inaccesibles?

La vida está llena de lugares inaccesibles, y la mayoría de nuestras desgracias vienen precisamente de esos lugares. ¿Cuáles son?

Digamos el nombre de un yogur ficticio para no hacer publicidad, por ejemplo Danone. Bien, pues al fondo del envase hay un sitio donde ves que queda algo de yogur, pero no hay forma. Escarbas y escarbas con la cuchara, pero siempre queda.

Lugar inaccesible donde los haya, en el coche, entre el cambio de marchas y el freno de mano, ahí crece una especie de viruta que, aunque te limpien el coche los de Villarriba, no hay modo de eliminar.

No hay más que ver las posturas que adoptamos las personas cuando limpiamos el coche con el aspirador... Desde fuera sólo se ven nuestras piernecillas agitándose, como si el coche se nos estuviera tragando.

Una espina en la garganta, eso es más difícil de extraer que un peluche en las máquinas de la feria...

Todo el mundo se ofrece para quitarte la espina con unas pinzas, pero tú te quedas con la boca abierta mirando a tu madre que se acerca en plan Doctor Rosado, con los guantes de fregar y las pinzas de las cejas...

Una astillita en el dedo produce la misma fascinación que algo visto a través del microscopio. Se ve perfectamente, está ahí, y otra vez todos se ofrecen a quitártela. Pero te hacen una carnicería... Al final dices: «Tío, haber amputado directamente».

En los hombres hay lugares inaccesibles a los que sólo llega su urólogo. La primera vez, y posiblemente la última, que consulté a uno, alcanzó un sitio en el que lo único que se me ocurrió decirle fue: «Dame un beso al menos, o dime que me quieres o algo».

Lugar inaccesible, el carnet de identidad de Camilo Sesto, a quien con el último lifting han dejado en los doce años. Se parece a Pedro Duque…

Hay lugares inaccesibles en la espalda, que un soltero de costumbres moderadas no se ha lavado nunca…

Cuando se te cae la moneda bajo la máquina de café, te quedas sin café y sin moneda. Con lo que pesa la máquina… Lástima no estar presente el día en que la aparten… Así se hizo millonario Al Fayed. Y es que el negocio de la máquina del café está en lo que se cae debajo, donde todo son ganancias.

A cualquiera que lleve lentillas le ha pasado alguna vez que se le ha colado una por el fregadero. La desesperación de acceder al interior del agujero es tal que arrancamos el fregadero, desmontamos la tubería, abrimos el sifón y luego resulta que la lentilla estaba en el estuche.

¿Y ese hueco en las entrañas de los almohadones del sofá? Ahí se cuela todo. Da miedo meter la mano: monedas, calcetines, lápices, una tirita, un caracol.

Atención porque he descubierto dónde está el Limbo. Se encuentra entre los agujerillos del tambor de la lavadora. Lo que se cuela por ahí ya no lo recuperas en la vida. Dice la leyenda que está lleno de aros de sujetador.

Nos encanta llegar a rincones inaccesibles, especialmente si dentro hay dinero. ¿Quién no ha sacado monedas alguna vez de una hucha de ésas con una rajita, con la ayuda de un cuchillo?

¿Y ese sitio en algún lugar del forro del abrigo? Por un agujero del bolsillo se coló un número de teléfono, del que nunca más se supo…

A diferencia de otros fenómenos aquí citados, el orgasmo femenino es accesible, pero uno nunca sabe si es de verdad…

¿CÓMO TIMAMOS A LOS DEMÁS?

Una familia de Valencia estafó a doce compañías de seguros, simulando haber sufrido varios atropellos. Llegaron a cobrar cuatro millones. Un miembro de la familia, que solía ser Basilio, aseguraba el coche, y después fingía un atropello en el que la víctima figuraba como su madre, su mujer o su hija. Los partes médicos se falseaban.

No contento con esto, a veces la víctima hacía constar que había perdido un televisor que en aquel mismo instante llevaba en las manos.

Y así hasta catorce accidentes. Pero, como repitieron en alguna compañía de seguros, acabaron pillándoles.

La vida está llena de timos. Continuamente nos timan y timamos. En el día a día hay muchos engaños.

«¿Cómo timamos a los demás, y cómo nos timan?»

El timo más grande es el timón. Lo vendieron como un volante, y como no cabía lo tuvieron que poner en los barcos.

El timo que más trauma crea en la infancia es el de los álbumes de cromos. Hay un cromo que siempre falta. A mí me faltaba Arkonada, y nadie lo tenía... ¡Menudo timón!

Las madres son profesionales del timo: «Hijo mío, no te tragues el chicle que se te pegará en las tripas y te morirás». Y cuando te tragabas uno sin querer, lo pasabas fatal.

No pasa nada porque un niño se trague catorce chicles. Entonces, ¿de dónde viene este timo, qué persigue? Como mucho a los devoradores de chicles les saldrá la mierda elástica, pero eso no es malo necesariamente.

Otro timo de madre. Tú le preguntas: «¿Qué es eso?». «Cómetelo, cariño, que es patata», y resulta que es berenjena.

¿Por qué lo hacen?

¿Cómo timamos a los demás?

Mi timo favorito de la adolescencia era el timo del beso:

«¿A que te doy un beso sin tocarte los labios?»

«¡Anda ya!»

«¿Nos apostamos una copa?»

«¡Vale!»

Le das el beso y dices: «Huy, he perdido».

El timo del frutero, que siempre entre el kilo de melocotones te pone uno podrido.

También está el timo de la empanadilla. Supongo que lo conoceréis, empiezas a morder y todo es corteza. Sólo hay dos centímetros de pisto.

Lo mismo pasa con los croisanes rellenos de chocolate. Deberían llevar un rótulo diciendo: «A ver si lo encuentra».

Y por supuesto el timo de los Todo a Cien, donde una vez me compré champú y gel. Preguntaréis: «¿A quién se le ocurre?». Pues a mí.

Y era un expediente X, te lo ponías y desaparecía, ni espuma ni nada...

Hay un timo que indigna a los bebedores, que es el timo del vaso, en el que el culo llega hasta la mitad, pero como es transparente...

Con los niños hay cantidad de timos. Cuando llega la Navidad en las guarderías siempre hay un fotógrafo listo que va con un gorro de Papá Noel mostoso, con borla gris, y les hace una foto en la que salen horribles, con un ojo abierto y otro cerrado, y cuesta tres mil pesetas, pero como es del niño tragas, aunque salga horroroso...

Se ha puesto muy de moda que, cuando es el cumpleaños del niño, como si lo haces en casa es un pringue, contratas a unos servicios de cumpleaños que están en un bajo infame, con un tablón y dos caballetes de mesa, y siempre les dan un sandwich coloreado de foie-gras, una lata para los treinta, y la dueña se disfraza de payaso con una peluca rosa y un traje que se ha hecho ella misma. Cincuenta mil.

Todos hemos sido víctimas del timo del cigarrillo.

«¿Tienes un cigarro ?»

«Es que sólo me queda uno.»

Pues eso es un timo, porque le has pedido uno, tú sólo quieres uno, y te da igual los que tenga...

¿Cómo timamos a los demás?

El timo del hiper. Como no quieres ir para que no te carguen con la caja de leche, dices: «Es que tengo claustrofobia, no soporto tanto paquete».

El timo de la llamada. Todos tenemos un amigo que siempre que va a tu casa se acuerda de que tiene que llamar a alguien.

En los viajes de fin de curso caes en el timo de la caricatura. Vas a un sitio turístico y te hacen una que no se parece nada a ti, y te pegan una clavada. Con un carboncillo que mancha y lo pone todo negro.

¿DE QUÉ COSAS NO NOS LIBRAMOS?

¿Existe la fuerza del destino? ¿Está todo escrito y no podemos escapar? ¿Termina siempre nuestro sino por alcanzarnos?

Pues estoy casi por pensar que sí.

El alcalde de Pego -Carlos Pascual-, mandó a los objetores de conciencia que desfilasen vestidos de soldados romanos en la cabalgata de los reyes. Ni fuera de la mili se han librado del uniforme los once objetores, ni de desfilar a golpe de tambor... ¡Han hecho la mili con lanza y minifalda!

En el terreno de las anécdotas, lo último que hizo el alcalde de Pego fue digno de Jesús Gil. Le dio al Pego Club de Fútbol, del que es presidente, cuarenta millones sin contar con la aprobación del Pleno.

Cierra los micros de los socialistas, les impide entrar en el ayuntamiento, pone a los objetores a vigilar la ORA, quema el marjal...

La cuestión es que nos pasamos la vida huyendo de algunas cosas como hacen estos objetores de la mili, pero la providencia, disfrazada a veces de alcalde, nos alcanza y nos obliga a ponernos el casco.

Por eso pregunto: ***«¿De qué cosas no nos libramos?»***

De lo que la mayoría de los hombres nos hemos querido librar es de la mili... Yo, que la hice en Ceuta, todos los días me tragaba un puñado de arena para que me entrasen ataques de asma... Y, como me entraban unos ataques que me moría, me relevaron de la gimnasia y las guardias. El día en que tenía que presentarme ante el tribunal médico, me eché el puñado de arena en la puerta y me pilló un sargento: «¿Tú te crees muy listo, no?»

Ahora puedo afirmar que no es una leyenda lo de pelar montañas enteras de patatas.

¿De qué cosas no nos libramos?

No te libras de las esperas al teléfono. Las buenas telefonistas tienen controlada la expresión «un momentito, por favor», y cuando ya vas a colgar se ponen otra vez y repiten «un momentito, por favor», que es como si te pusieran otra ficha. Tú ya ibas a colgar, pero el cronómetro de la paciencia vuelve a contar desde cero... Esta mañana he llamado a una clínica y me he comido entero el LP de Felipe Campuzano. Al final, cuando me han atendido, les he pedido que me pasaran con el disk jockey, que iba a decirle un par de cosas.

¿De qué no nos libramos aunque pongamos todo nuestro empeño en huir? De escuchar por la mañana una tertulia sobre el País Vasco.

Tampoco nos libramos de los móviles. Tú eres de los radicales fundamentalistas. «Nunca tendré un móvil», decías. Quieres pegarle al que se pone a hablar por el móvil en el tren, cuando tú estás leyendo y te desconcentra. No puedes evitar seguir la conversación, porque hablan fuerte: «Dime... Habla con Blas... Va a ser un tema de la 425». Aquí ya te pica la curiosidad: «He pedido tres, de color verde verdulera».

Te dan ganas de coger el zapato, ponértelo en la oreja y gritar: «¡Steven, lo he pensado bien y tu guión no me interesa! Prueba con Connery.»

Una amiga mía que hizo el camino de Santiago se encontró con que hasta los peregrinos llevaban móvil... Ella que había hecho el camino para buscar la su paz... Aquello era un aluvión de móviles, parecía un casino. A uno le llamaron del paro y tuvo que dejarse el camino de Santiago a medias.

No te libras de encontrarte con un conocido en vacaciones. «Oye, no nos vemos en Valencia y aquí mira, con lo grande que es la Polinesia».

Los hombres nunca nos libramos de la última gota, aunque creamos que hemos terminado y que ya ha caído la última. Siempre hay una que viene detrás, y la vienes a notar cuando ya has salido del lavabo, que vas andando y hace «clin». Mira qué bien.

No te libras de pagar a Hacienda, ni de los atascos, ni de la muerte, ni del constipado... Con lo que tú te cuidas, que ya te enseñó tu madre de pequeño a taparte la boca cuando salías del cine. Te vacunas el primero, que hasta te sacan en la foto del periódico que anuncia el comienzo de la campaña de vacunación, y duermes con un pañuelo que pareces Antonio Gala, y tu mujer te llama «el Cebolla» por las capas de ropa que te pones... Pero luego llega un idiota a la oficina con la gripe y te la pega, porque era de una cepa diferente a la de la vacuna.

No te libras de discutir. Tú no quieres, pero el otro no para: «Claro, vaya cachazas, si es que no tienes sangre en las venas. No has de morir de un infarto, no, todo se te resbala, ahí tienes a Babiano». Y ahí estallas. Siempre hay una palabra que te hace saltar, es oír Babiano y te conviertes en un pitt-bull, porque estás harto de que te comparen con Babiano, que nunca se mancha cuando come, que siempre lleva los zapatos limpios y que pone muy bien las llaves de las luces. Tú le llamas el Babiano de los cojones... Y eso que no querías discutir.

Eres de los que desprecian los horóscopos, pero cuando en la oficina alguien los está leyendo no lo puedes soportar y le preguntas: «¿Qué pone en Leo?». «Que tendrás un día muy creativo».«¿Y no dice nada más?». «Míralo tú mismo». Tiendes la mano y sucumbes a la tentación. «No te libras, ni te piscis...»

¿QUÉ COSAS SOMOS CAPACES DE SOPORTAR AL FILO DE LO IMPOSIBLE?

El español David Meca terminó segundo en los 25 kilómetros en aguas abiertas de los mundiales de Perth, en Australia. Lo más difícil de soportar, según dice, eran las medusas, porque no paraban de picarle. Hay que recordar que en esas aguas hay tiburones, y cada vez que veían una sombra todos los nadadores agitaban brazos y piernas que daba gusto.

¿Qué cosas somos capaces de soportar al filo de lo imposible?

Aguantar la respiración, cuando eres pequeño, hasta que te pones morado, que empiezas así y acabas dando la vuelta a España en zodiac.

Las mujeres son capaces de soportar más cosas que los hombres, al filo de lo imposible, por ejemplo la depilación, el suplicio de afeitarse de los pies a la cintura a la cera... Os la echáis en las piernas y luego la arrancáis de cuajo. Hace falta valor, que sólo de pensarlo se quedan los pelos tiesos. A todo esto, que no se os enquiste un pelo.

Y no quiero hablar de los pelos de los brazos, que la que no se los tiñe de rubio utiliza el sistema butano, que consiste en pasar los brazos por el fogón de la cocina. Se los queman, se refrigeran un poquito con las manos y a volar...

¿Qué cosas somos capaces de soportar al filo de lo imposible?

Que te quiten una muela. Hace falta ser un héroe, como el nadador ése. De repente empiezas a dar la señal de alarma. Te entra muy mal genio y no puedes vocalizar, y llamas y dices: «Zeñof dentifta, deme hoda, que me muedo», y un día entras a esa sala de los horrores maquillada de ITV y te tumban y te ponen un foco en la cara, para que no veas el aspecto terrorífico de la maquinaria con la que te harán la extracción, y un gancho aspirador que tiene como función aspirar la sangre y la saliva que sale sin control. ¿Y el taladro qué?, que parece que vayan a perforar una acera. Esto es aguante y no nadar 25 kilómetros entre tiburones, que se te queda la boca como un zapato, y un agujero del tamaño de una canica... Yo tengo un dentista muy cachondo que cuando te saca la muela hace como que llora: «¡Buuee, buuee!»).

¿Qué cosas somos capaces de soportar al filo de lo imposible?

A los locos del café les gusta muy caliente. Se lo toman casi hirviendo, escaldándose la boca, y se hacen ampollas en el paladar.

Las madres siempre están al filo de lo imposible. Es admirable cómo acumulan pilas de muebles para limpiar las lámparas. Sobre la mesa camilla colocan una silla y sobre ésta un taburete, y trepan trapo en mano como si fuesen un niño de los *castellers*.

Como ya hemos dicho, las mujeres tienen mayor capacidad de aguante al filo de lo imposible. No hay más que ver esas fajas que se ponen algunas «en las grandes ocasiones», como en las bodas. ¿Cómo pueden soportarlo? Cuando vuelven a casa dicen: «Lo primero, quitarme la faja». A veces se lleva faja porque se tiene una hernia de disco, pero también es insoportable. Una amiga mía que tiene una hernia se puso la faja para ir a la discoteca. Allí se la quitó y la dejó en el sillón. Esa noche ligó, y cuando se iba con el ligue un empleado de la disco salió corriendo detrás de ella con la faja en la mano y gritando: «¡Que se deja esto, que se deja esto!»

Para algunas mujeres ponerse falda es una cosa al filo de lo imposible. Porque sólo se la ponen en las grandes ocasiones, y se les nota. No saben sentarse y se despatarran como cuando llevan pantalones.

Subes la compra del super. Tres o cuatro bolsas en cada mano, las llaves en la boca. Abres la puerta del ascensor con un dedo y te lo retuerces, le das al botón con la frente, empujas la puerta con el culo, llamas al timbre de tu casa y esperas cargado con las manos enrojecidas a que te abran, por no soltar las bolsas... Y no te abren.

Los gimnasios están llenos de personas que soportan lo indecible, que sufren y sudan durante meses para conseguir que les salga un edredón en el vientre.

Al filo de lo imposible, conseguir que tu perro suelte la caca en el alcorque. Los ayuntamientos pintan flechitas en las aceras que indican dónde debe de colocar el perro el culito. Pero, ¿de veras hay alguien que lo haya conseguido?

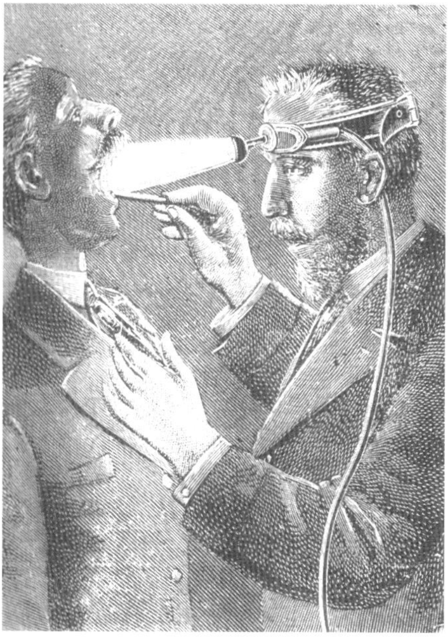

Bañar al gato. El que no ha bañado nunca a un gato no sabe lo que es una misión al filo de lo imposible. El gato se va escurriendo por la bañera hasta que ve que no puede subir. Entonces da un salto y se te agarra a la espalda, te clava las uñas y no te suelta... Ya lo tienes enjabonado... ¿Cómo lo aclaras?

¿QUÉ COSAS PASARÍAN SI TUVIÉSEMOS RABO?

Para llegar a ser tan altos y maravillosos como somos ahora y poder lucir un tanga modelo Rappel en la playa, el ser humano ha ido dejando a lo largo de su evolución muchas cosas... Ha perdido pelo, muelas, instinto, pero la gran pérdida sin duda ha sido la del rabo. Nuestros antepasados tenían un rabo ágil y hermoso. ¿Y qué nos queda a nosotros? ¿El coxis? ¿La rabadilla? Nada: una cosa atrofiada al final de la espalda que nos hace ver las estrellas cuando nos caemos de culo.

Pero imaginemos que no hemos perdido esta parte del cuerpo. ¿Cómo sería un mundo lleno de rabos? ¡Cuánto se han perdido, por falta de rabos, las coreografías que salen al principio y al final de los programas de televisión, y el flamenco! ¿Te imaginas a Joaquín Cortés bailando todo enfadado con el rabo? Y en cuanto al deporte ni te cuento. Imagínate un ejercicio de paralelas... Mi pregunta es: ***«¿Qué cosas pasarían si tuviésemos rabo?***

A mí me gustaría que todo el mundo tuviese rabo. Sería bonito. Nos dejaríamos el pelo del rabo largo y las mujeres se lo teñirían... Los tíos diríamos: «A mí me gustan las mujeres con los ojos azules y el rabo rubio». Habría, claro está, rabos perfectos. Diríamos, por ejemplo: «Esa chica tiene 90, 60, 90, y de rabo 15».

Habría tiendas especializadas, llamadas *raberías*, y los hombres, en las ocasiones importantes, nos pondríamos una corbata en el rabo. Bueno, todos no. Francis Lorenzo se pondría una pajarita...

¿Estaría mal visto llevar el rabo al aire, o sería como las orejas, que podemos llevarlas destapadas? Lo que está claro es que hombres y mujeres lo trataríamos de un modo distinto. Ellas le sacarían más partido... Seguro que Ana Obregón se pondría silicona para hacerlo más seductor.

No tenemos rabo por culpa de la evolución, pero si tuviésemos, ¿cómo os gustaría que fuese? ¿Enrollado como el de los cerdos, tipo sacacorchos? ¿Como el de los caballos, una especie de mechón de pelo para quitarnos las moscas? ¿O de tipo plumero, como el de las vacas?

Seguramente lo tendríamos como los monos, que tendría sus ventajas porque igual que ellos lo utilizan para colgarse de las ramas, nosotros lo utilizaríamos para llevar el carrito de la compra, para pegarle un rabazo a los niños cuando no se callan en el coche, o para sostener el cenicero si nos fumamos un cigarrillo.

¿Qué cosas pasarían si tuviésemos rabo?

Sería una nueva esclavitud para las mujeres. Dirían: «¡Ay, que no puedo ir a la playa porque llevo el rabo sin hacer!»

¿Qué cosas pasarían si tuviésemos rabo?

Se nos notaría el estado de ánimo en el rabo como a los perros. «Hombre, Paco, qué alegría verte» Y cuando tuviésemos miedo se nos metería debajo del culo...

En los momentos íntimos, el rabo jugaría un papel importante. Podríamos utilizarlo como látigo en los juegos sadomasoquistas y también cubrirlo de nata o de mantequilla. En fin, así es la evolución. Hemos ganado algo de frente, pero hemos perdido el rabo.

¿QUÉ COSAS HACEMOS CON LOS DIENTES?

Una prostituta brasileña ha arrancado de un bocado los testículos a un cliente moroso. Edneine, que es como se llama la prostituta, le cortó de una dentellada los mismísimos a Paulino cuando éste, después de recibir los servicios sexuales, le dijo que no tenía dinero... Vamos, lo que se dice un embargo.

Lo que asombra del caso son los dientes de la brasileña. ¡Vaya dientes! Superado el repelús que me causó la noticia, se me ha ocurrido que utilizamos los dientes para muchas cosas, algo que no debe hacerse pero que hacemos...

¿Qué cosas hacemos con los dientes?

Los dientes para lo primero que se usan es para vacilarle a la madre. Cuando te sale uno y ella te va a dar la papilla y lo toca con la cuchara, todo el mundo quiere hacer lo mismo.

Además de utilizarlos para comer y mordisquear orejitas y cuellos, que son los usos correctos, hay muchas más cosas que hacemos con los dientes:

Cortar las etiquetas de la ropa, el rollo de celo... Tu madre te dará un capón por detrás para que no lo hagas, pero ella es la primera que corta el hilo de coser con los dientes.

Hay personas muy bestias, que empiezan partiendo con los dientes nueces y avellanas y que acaban en un programa de televisión arrastrando camiones, o en el circo colgadas de un trapecio y dando vueltas con los dientes.

¿Qué cosas hacemos con los dientes?

Hay gente que se hace un rosario. «Me voy a hacer un rosario con tus dientes de marfil.»

Otra gente no llega a tanto, pero se hace un colgante con la muela del juicio o una sortija con un diente de leche. Hasta hay quienes se coleccionan todos los dientes de leche de sus hijos.

Algunos van más allá... Hay un tío que hace en los dientes miniaturas de grandes obras de pintura.

¿Para qué sirven los dientes?

Básicamente para que te los partas. En la generación de los coches de choque, casi todos tienen las palas partidas. Y, el que no, se los ha roto abriendo botellas... Hubo una época en la que abrir las botellas con los dientes marcaba mucho y se tenía por signo de gran inteligencia.

Los dientes sirven también para definirnos, «Juanita, la que tiene los dientes de conejo». O para que tu madre averigüe quién se ha comido el chocolate. «¿Juanita, te has comido tú el chocolate?». «Yo no he sido». Entonces tu madre te enseñaba la barra de chocolate y te preguntaba: «¿Y de quién son estos dientes de conejo que hay aquí marcados?».

Sirven también para que sepamos lo que es un dolor de muelas, que no hay nada peor. Y para castañetearlos cuando hace frío. Tacatacataca... La gente que no tiene dientes, ¿puede tener frío?

Los dientes sirven para masticar, para cortar, para desgarrar, para rumiar, para que se nos pongan largos de envidia o para tener el colmillo retorcido... Pero vamos a lo práctico... Los dientes también sirven para guardar un microfilm, para comernos las uñas y quitarnos los padrastros, para sujetar el palillo y para tocar música con un peine y papel de seda...

Pero, sobre todo, los dientes sirven para identificarte cuando encuentren tu cadáver, y para que te dé igual cuando te regalen algo... Ya sabes, a caballo regalado no hay que mirarle el diente.

¿Para qué sirven los dientes?

Para coger la comida cuando te da asco, que la coges así, sin rozarla con los labios. Para hurgártelos con cualquier tipo de cosas, por ejemplo con el carnet de identidad.

En las películas antiguas los utilizaban para morder las monedas. Pero sobre todo sirven para hacer ruiditos... ¿Quién no ha tenido que soportar alguna vez un viaje en coche con una de esas personas que se pasan todo el rato haciéndolos entrechocar?

Los dientes son muy importantes. Sin ellos no podría haber dentistas, y nadie estudiaría odontología. ¿Y qué habría sido de Bugs Bunny, de Drácula o del ratoncito Pérez ?

¿QUÉ COSAS TENEMOS EN EL BALCÓN?

¿Vais mirando los balcones cuando paseáis por las calles?

La gente decente lo que mira son los escaparates, las obras de la calle, la grúa que se lleva un coche, un culo, un papel pegado en un patio que dice: «Se alquila plaza de garaje»...

Pues hay gente que se fija en los balcones. En Valencia un transeúnte se fue a la policía diciendo que había visto en un séptimo piso cuatro plantas de marihuana, el muy chivato. Hace falta estar aburrido para entretenerse en estos menesteres.

La policía se desplazó a la vivienda donde la dueña les enseñó las plantas con toda la amabilidad, diciendo que no sabía nada, que pertenecían a su hijo, que es ecologista, y que ella se limitaba a regarlas con primor. La policía requisó las cuatro plantas.

No sé a qué viene tanto escándalo por tener plantas en el balcón.

Pero el balcón es un armario sin puertas, y allí dejamos lo que no cabe en casa.

¿Qué cosas dejamos en el balcón?

Dime qué balcón tienes y te diré quién eres.

Si el balcón está lleno de roña, vacío, sin una planta, es de un soltero.

Si está acristalado, ahí vive una pareja mayor de cincuenta años. A partir de esta edad, a la gente le entra la manía de acristalar el balcón, de acristalar todo lo que pueda. Cuando terminan de acristalar el de la calle, acristalan el del patio interior... Hay parejas que no soportan no tener ya nada que acristalar y se cambian de piso para seguir acristalando. Y es que a partir de los cincuenta a la gente le gusta la polémica.

Un balcón lleno de geranios suele pertenecer a una cotilla o a un cotilla. Los geranios le proporcionan la coartada para estar todo el rato en el balcón quitando hojitas, mientras tiene un ojo y una oreja en la calle.

Un amante de las plantas tiene plantas de interior, un ficus benjamina que cuesta mucho de criar.

¿Un balcón con enredaderas ? En esa casa quien lleva los pantalones es el marido. A los hombres no hay cosa que más nos guste que las enredaderas. Si por nosotros fuera, llevaríamos hasta en el coche. El gran sueño de todo varón es tener un chalet con un túnel hecho a base de enredaderas.

Alguien puede creer cuando ve en un balcón una tabla de abdominales que ahí vive gente con el vientre plano. Todo lo contrario. Si la tabla está en el balcón es porque dentro hay un gordo. En caso contrario, la tabla estaría debajo de la cama.

Hace poco, tener una parabólica en el balcón significaba que eras el rico de la escalera. Ahora es tan ilegal como la marihuana.

Si hay una sábana con el rótulo «Queremos dormir», es que abajo hay un pub.

¿Que hay una nevera en el balcón ? Ahí vive gente práctica que no tira la nevera vieja y la utiliza de armario zapatero o de caja de herramientas.

¿Balcón con capellanes secos o morcillas? Parientes en el pueblo.

¿Jamón pata negra en el mejor ángulo del balcón ? Casa de Rafa Martínez Simancas.

¿Banderas en los balcones? Será que el pueblo está en fiestas...

¿Que la bandera lleva un águila? Un *descentrao.*

Pero, ¿qué cosas solemos dejar en el balcón, aparte de la botella de butano y la escultura de escayola que ha hecho el niño en el cole?

Un balcón no es un balcón si no hay una bicicleta con una rueda pinchada y si no está la mesita del camping.

Y unos botes de pintura pasados de fecha, con el rodillo seco.

Todo balcón que se precie ha de tener un periquito. Por cierto que la gente cree que los periquitos cantan mucho por el sol. Es mentira, cantan porque están acojonados por si se cae la jaula a la calle.

Todo el mundo que ha ido a Portugal tiene en su casa el gallo meteorólogo, ese gallo que cambia de color según el tiempo que va a hacer.

Hay mujeres que ponen en la terraza al marido: «Pepe, vete a fumar al balcón que me vas a poner las paredes amarillas.»

El balcón tiene muchos usos. Hasta puede utilizarse como medio de comunicación: «Si te dejo un calcetín rojo en la terraza, es que él todavía está en casa.»

«Si te dejo un liguero verde, es que ya no hay moros en la costa.»